魔境育ちの全能冒険者《オールラウンダー》は異世界で好き勝手生きる!!

追い出したクセに戻ってこいだと? そんなの知るか!!

2

Author
アノマロカリス

Illustration
れつな

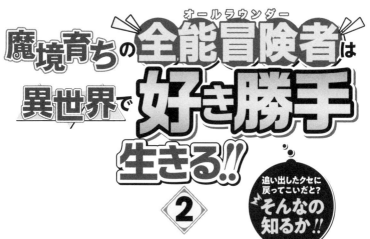

目次

Makyo Sodachi no All-rounder
Ha Isekai de Suki Katte Ikiru!!

主な登場人物
Main Characters
ガイアン
肉体に絶対の自信を持つ冒険者。情報収集にも長けている。
シドラ
ダンジョン内で発見されたタイニードラゴン。体に似合わずかなりの大食漢！
リュカ
本作の主人公。全属性の魔法や卓越した剣術などあらゆる能力を使いこなすが、家族には頭が上がらない……？
リッカ
リュカの双子の妹。聖女候補の修業をしている。お金が大好きでずる賢いところも。

ザッシュ
リュカをチームに
引き込むが、身勝手に
利用して追放した
通称「自分に
都合の良い男」。
クララ
見守りたい
学園女子No.1!
男女問わず
ファンがいる。
シンシア
お近付きになりたい
学園女子No.1!
熱狂的な信者も
いるみたい……？

第一章
「すく～るらいふ？」

Makyo Sodachi no
All-rounder Ha
Isekai de Suki Katte Ikiru!!

第零話《ゼロ》　学園にて

僕、リュカは学園のとある一室で、二人組の少年に鎖で拘束《こうそく》されていた。

片方はやや太っていて、もう片方はひょろっとした体形だ。

うん、あだ名は『小太り』と『ひょろひょろ』でいいな。

「学園に来て日の浅いお前が何故《なぜ》、シンシア様と親しくしている！　馴《な》れ馴れしいんだよ‼」

そう言いながら小太りが、鉄の棒《ぼう》を僕の顔面に向かって振るう。

……まあ、大したダメージはないんだけど。

相手が屈強《くっきょう》な冒険者だったならそれなりのダメージになるのだろう。しかし彼は殴り合いの喧嘩《けんか》すらロクにやったことがなさそうだ。貴族の跡取りとかなのかな。

殴《なぐ》られても大して痛くない。

母さんに巨大メイスで撲殺《ぼくさつ》された時の方が数百倍痛かった。

「大怪我《おおけが》をさせるなよ！　死んだりしたら面倒だからな……」

ひょろひょろの言葉に、小太りは頷《うなず》いてから、僕に言う。

「お前も妙な真似はしないことだな！　この部屋には魔力を使えなくする結界を張っているんだ！

助けを求めようとしたって無駄さ！」

結界ねぇ……？

僕は思わず口元を緩める。

だってこいつらが言っている結界は下級魔道士程度にしか通用しない、効力の低いものだから。

僕は問題なく手の平に魔力を流せている。

だが、情報を引き出すためにはわざと逃げずにやられるフリをしなければならないのだ。

このままもう少し挑発し続けて、こいつらが学園で起こっているとある事件の犯人かどうか見極めてやる。

「ところでさ、シンシアちゃんって誰？　クラスの誰に対しても同じように接していたし、そもそもまだ全員の名前を把握しているわけじゃないから、誰のことか全くわからないんだ」

シンシアは同じクラスの、隣《となり》の席に座っている女生徒だ。流石《さすが》に覚えている。

だが、煽《あお》るために嘘を吐いた形だ。

「シンシア様をちゃん付けだと!?　あの方はこの学園一高貴な存在なんだぞ！」

小太りは、わなわなと震えながら言う。

ほほーん、これはそういうことか。

僕はニヤニヤしながら返す。

「なんだ、惚《ほ》れているのか？　やめろよ……自分が声を掛けられないからって醜《みにく》い嫉妬心《しっとしん》で他者に暴力を振るうなんて……モテないぞ！」

「減らず口を……」

小太りは再度鉄の棒で僕を殴り、ひょろひょろは腹に蹴《け》りを入れてくる。

全く痛くもかゆくもないけどね。

情報を得られそうにないし、この茶番に付き合うのも面倒になってきた。

「いい加減、この拘束を解いてくれないか？」

僕の言葉に、小太りは愉快《ゆかい》そうに返す。

「お前が今後、シンシア様に馴れ馴れしく声を掛けないと誓えば解いてやるさ！」

「いや、だから……僕のクラスのどの子がシンシアちゃんなんだよ？」

「シンシアちゃんじゃない！　様を忘れるな！　お前のクラスで学園一高貴と言えば彼女しかいないだろ！」

小太りがそう力説した。

僕は首を傾《かし》げる。

「いや、全くわからん！　僕のクラスに、そんな目を惹《ひ》く美少女なんていたっけ？」

「お前の隣に座っているじゃないか！　これでわかったろ！」

僕は頷く。

「あーあの子がシンシアちゃんっていうのか！　……っていうか、それほど目立つかな？　割と普通の子じゃない？」

言いながら僕は、僕が生まれ育った魔境——ゴルディシア大陸のカナイ村について思い起こす。

そこは、人口百人程度の小さな村で、近くには、かつて世界を征服しようと目論《もくろ》んでいた大魔王サズンデスの居城がある。その大魔王討伐より百年近く経《た》っている今もなお、大魔王の瘴気《しょうき》がその地を汚染していて村の周囲には強力な魔物がうようよいる。

カナイ村が他と比べて変わっているのはそれくらいかと思っていたが、ここにいる二人の基準で考えると、村の住民はみんな美形だったような気がする。

だから、一般的に可愛いと呼ばれる子を見てもなんとも思わないのかもしれないな、なんて。

彼らは怒り心頭といった様子で、剣を抜いた。

ここまで来ると、穏便に済ませてやれないなぁ。

「念のために聞くけど、その剣で僕をどうする気なのかな？」

僕が尋ねると、小太りはドスの利《き》いた声で言う。

「お前はシンシア様と……そして我々を侮辱《ぶじょく》しすぎた！　お前に制裁を加えてやる！　お前が死んだら、死体は上手く処理してやるよ」

なるほど、どうやら本気のようだ。

想い人を『普通だ』って言っただけでここまでするとは、随分《ずいぶん》短気な奴らである。

これ以上、情報を聞き出すこともできなそうだし……いや、それどころか何も情報を持っていなそうだな。

ではこちらも反撃と行こうか……人を殺そうとするってことは、自分が殺される覚悟があるってことだもんね？

「なら僕も反撃させてもらうけど、良いかな？」

僕は言う。

その言葉を、ひょろひょろが鼻で笑った。

「拘束が解けるものならな！　言ったろ、この部屋では魔力は一切使えな……」

僕は魔力を放出して、体を拘束している鎖を消滅させた。

そして鉄の棒で殴られた顔をヒールで治してから、二人に話しかける。

「この程度の鎖なら、解こうと思えばいつでも解けたんだよね。人を殺そうとするくらいなんだから、自分が殺される覚悟もあるはずだよね？　まぁ、殺しはしないけど許す気もないし……闇《やみ》魔法・[奈落《ならく》]！」

僕が魔法を発動すると、二人は二つの小さな黒い玉に閉じ込められた。

中にいる二人に聞こえるように、僕は説明してあげる。

「[奈落]は、闇の牢獄《ろうごく》を作り出す魔法でね……こちらからの声や音はそっちに聞こえるけど、そちら側からいくら叫んでもこっちには届かないようになっているんだ。まぁ、三日ぐらいしたら解放してあげるよ。それまでは、ここで反省するがいいさ」

ちなみに［奈落］内の経過時間と、現実世界での経過時間のバランスは調整でき、現実世界での一日を、［奈落］内の百年にまで設定できる。しかも球体内では現実時間分しか年を取らない。

そして、［奈落］内でどれだけの時間が経過したかは球体に記される。

ただ、今回は便器の中に落とすだけで十分過ぎる制裁な気がするので、現実時間と［奈落］内の時間の流れは同じにしてある。

僕は二つの小さな玉を拾い上げ、男子トイレに入って便器の中にそれらを放り投げた。

学園のトイレは、汲《く》み取り式だ。

週に一度はスライムを放って溜まった便を回収するのだけど、回収日は昨日だったはず。だからそれより前に魔法が解除される設定にしておけば問題なかろう。

僕が設定した解除の時間は三日後の昼間。

解除された彼らがどんな反応をするのかと考えると、思わず笑ってしまいそうになる。

失踪騒ぎにならないよう、後で学園長には伝えておかないとな。

そう考えつつ、僕は大きく伸びをして呟く。

「潜入してまだ二日目だけど、まだ手掛かりは掴《つか》めないか……」

僕は、これまでの道のりを思い起こす。

第一話　リュカの旅とザッシュの旅（今回は二人の話です）

僕はカナイ村を出て、冒険者になった。

全く常識を知らず、実績もない新米冒険者である僕を仲間に入れてくれたのは、チーム【烈火《れっか》の羽《は》ばたき】。

そこで僕はサポーターとしてチームのために頑張っていたのだが……加入の二年後、リーダーであるザッシュに追放されてしまう。

他のチームより待遇も良くなかったし、それなら心機一転、一人で頑張ろうと思って、ジョブ・オールラウンダーとしてソロ冒険者生活を始めた僕。

しかし、冒険者として活動している中で気付いたのは、どうやら僕の能力は規格外らしいということだった。

でもよくよく考えれば当然のことなのかも。だって僕の家族はその昔最強のチームと謳《うた》われた【黄昏《たそがれ》の夜明《よあ》け】のメンバーなんだから。そして、僕は家族にみっちりしごかれて育ってきたのだから……

ともあれ、それからしばらく冒険者としていろんな依頼をこなす日々を送っていたんだけど、少しするとそれもマンネリ化してしまった。

そこで僕は双子の妹であるリッカが聖女になるための儀式――『聖女候補《せいじょこうほ》の巡礼旅《じゅんれいたび》』に挑もうとしていることを思い出した。

巡礼旅は七か所の穢《けが》れた地を浄化することで達成できるのだが、その道中は大変過酷《かこく》。そのため冒険者が護衛につくことになっているのだ。

僕はすぐリッカの元を訪れ、無事彼女の護衛になった。

それから二人でハサミシュ村を浄化し、かつて【烈火の羽ばたき】で唯一僕に良くしてくれたガイアン、そして念話で喋れるタイニードラゴン・シドラも仲間に加えつつ次なる浄化へ向かったのだった。


「よし、これでこの土地の浄化は終了だね？」

僕はリッカの方を振り返りながら言う。

ここはサーディリアン聖王国領内の、トライへリア港に程近い草原。

ここが二番目に向かった不浄の地だったのだ。

「うん、これで二つ目の光を手に入れたわ！」

リッカはペンダント型のアミュレットを掲げる。

聖女のアミュレットには、七つの宝石が取り付けられている。

これはそれぞれの土地の石を加工して作られたもので、土地を浄化すると光るようになるのだ。うち五つは光を失っているが、二つは光り輝いている。

浄化が成功した証《あかし》だ。

ちなみに、浄化されていない土地の石はその土地に来ると鈍《にぶ》く光り、場所を示してくれるというコンパス的な役目も果たす。

「二ヶ月で、二か所を浄化できたのは上出来な気がするよ。他の聖女候補達は転移魔法が使えないから移動に時間が掛かるだろうし」

僕がそう言うと、ガイアンが口を開く。

「だが、リュカ。サーディリアン聖王国には来たことがあったからよかったものの、他の大陸には行ったことないのだろう？　となると俺達も船で渡る形になるのか？」

「その時は、僕が近くの大陸まで浮遊魔法で飛んで行ってから、戻ってきて転移魔法で移動……を繰り返すことになるかもね。転移魔法は行ったことのある場所に行くときにしか使えないから、少し面倒な移動法になるだろうけど」

「私とリュカ兄《に》ぃは浮遊魔法で飛べるけど、ガイアンは浮遊魔法を使えないでしょ？」

ガイアンは、そんなリッカの言葉に対して、得意げに指を左右に振って否定する。

「その点は心配いらん！　師匠直伝の気力気功術《きりょくきこうじゅつ》を学んでいるので、浮遊術はマスターしている。多少遅れてもついていけるぞ！」

ガイアンは体中の気を解放して、宙に浮いてみせた。

僕とリッカは拍手する。

もしかすると、これを見せたくて、移動手段に関する話を振ったのではないか、なんて思わなくもないが、これは自慢したくなるのもわかるくらい凄いことなのだ。

「凄いなガイアン、よくマスターしたね！」

「私やリュカ兄ぃも、浮遊術は一ヶ月ではマスターできなかったのに……」

僕とリッカが口々に褒めるが、ガイアンはどうやら納得いっていないようだ。

「俺は……師匠から色々学んだが、結局マスターできたのは五つだけだった。もう少し自分のものにできると思ったんだが……！」

しかし、それでも十分凄いことだ。何故なら――

「いや、僕は三年以上費やして、マスターできたのは気力を使った技術の中でも五十七個だったし」

リッカも同意する。

「私は四十六個だった」

ガイアンの師匠であり、僕とリッカの母方の祖父――かー祖父《じい》ちゃんは、凄腕のトレジャーハンターだ。

その活躍の大きな要因の一つとして、珍しい特殊スキルを数多く習得していたことが挙げられる。

それらは体内のエネルギーを凝縮したもの――気力によって使える技術で、実用的なものからそうでないものまで幅広く、全部で百八個もあるのだ。

難易度に差があるからいくつ習得できたかはあくまで指標の一つでしかないが、それでも一ヶ月で五つは驚異《きょうい》のハイペースと言える。

僕は、かー祖父ちゃんの修業を振り返り、思い出に浸《ひた》ろうと……浸ろうと……浸ろうと……

駄目だ、辛い思い出しかない。

横を見ると、リッカも顔を青くしていた。

僕は言う。

「今考えると、あの修業で何度か死んだことがあったな」

リッカも言う。

「そうね、私もよ……」

僕達は蘇生《そせい》魔法を使えば生き返ることができる。だが、それでも死ぬ時の恐怖や痛みを感じないようになるわけではないし、慣れもしない。

だから、完全に家族の扱《しご》きはトラウマなのだ。

それに対して、ガイアンが胸を張った。

「俺は死んだことはないぞ！　死にそうになったことは何度かあったがな！」

僕は首を横に振る。

「それはガイアンが成人して体が出来上がってから修業したからだ。僕とリッカは、成人になる前の……それどころか十歳足らずの体が出来上がっていない時期に修業させられたんだ。そりゃ肉体が耐えられないよ」

リッカもうんうんと頷いた。

「私も、リュカ兄ぃほどは死んでいないはずだけど、それでも魔法や気力の修業で死んだ回数は二桁に届いているわ。それに加えて、私の場合は聖女の試練で母さんからも手解《てほど》きを受けていたから、それを合わせると……」

言葉を濁《にご》して俯《うつむ》くリッカ。

どうやら母さんの手解きは相当苛烈《かれつ》だったらしい。

僕は母さんに撲殺されまくったことを思い出していた。

聖女である母さんは僕とリッカを身籠《みごも》っている時に浄化を失敗してしまった。浄化できなかったその呪《のろ》いは腹の中にいる僕達に向かい、聖力を纏っていたリッカは無事だったが僕は黒い魔力を纏って生まれたのだ。そのせいで僕は三歳になるまで命を落とし続け、その度に母さんに蘇生してもらっていた。

それ以降も命こそ落とさなくなったが、黒い魔力は時折膨《ふく》れ上がる。そのまま放置すれば村全体を汚染しかねない上に、死でしか魔力を発散できないから、何度も殺されて蘇生されてを繰り返してきたのである。

黒い魔力は聖女にしか見抜けないから……なんて言っていたけど、時折母さんは僕を殺すことでストレス発散していたんじゃないかと思わなくもない。

するとガイアンが不思議そうに尋ねてくる。

「だが、リュカが気力を使っているところは見たことがないな？　魔法を使っているのは何度か見たが……」

僕は説明する。

「自分が気力を覚えないと他人の気力は見えないんだよ。【烈火の羽ばたき】にいた時にも何度か使っていたんだ。ザッシュとウィズとチエの馬鹿どもに、普通じゃあり得ない重量の荷物を持たされた時に、気力を使って移動していた」

リーダーのザッシュと、魔道士のウィズと治癒術士のチエ。あの三人は本当に質《たち》が悪かった。

ガイアンはポンと手を打つ。

「あぁ、あの二百キロくらいの荷物を背負わされた時か。よくついてこられると感心していたんだが、そういうことだったのか」

そこで、リッカが口を挟む。

「リュカ兄ぃって、酷《ひど》いチームに入っていたんだね？」

「あぁ。今思い出しても腹が立つよ。大神殿で僕に絡んで来た男がいたろ？　そいつがリーダーだったんだ」

僕の言葉に、リッカは苦虫を噛《か》み潰《つぶ》したような表情になる。

「あぁ……あの時の、関わり合いになりたくないタイプの人ね」

聖女の旅の護衛志望を集めていたサーディリアン聖王国内の大神殿で、僕はザッシュと偶然再会したのだ。

あの時にザッシュはしつこく僕に絡んできていたから、リッカとしてもあまりいいイメージはないらしい。

僕は呟く。

「そういえば、ザッシュは今どうしているんだろう？」

リッカは半笑いで言う。

「アンティと一緒だったよね？　あの子はプライドばかり高くて修業をよくサボっていたから、候補に選ばれた時は信じられなかったんだよね」

「そのアンティって、どんな子なの？　主に聖女としての能力の面で」

「アンティ……アントワネットは、感知能力に優れていて穢れをいち早く察知できる能力がある。だけど浄化する能力はそれほど高くなくて、穢れを発見できても浄化に手間取ると思うわ。ほら、試練の穢れ、結構浄化するの難しいし」

リッカがこうして易々と浄化できているのは、巡礼に出る前に僕と村に戻って鍛《きた》え直したからだろう。

リッカの話を聞く限り、アントワネットは浄化を成功させられない可能性すらあるように思えた。

「なるほど、ザッシュはハズレを引いたのか……ざまぁないな！」

僕はそう言って笑い、愉快な気持ちで宿への帰路につくのだった。

◆　◆　◆　◆

一方その頃、ザッシュはフレアニール大陸のサーディリアン聖王国からトライヘリア港街に向かう間の小さな村で、二時間ほど前に浄化へと向かったアントワネットを待ちながら、溜息を吐いていた。

【烈火の羽ばたき】はリュカが抜けたことで凋落《ちょうらく》し、解散を余儀《よぎ》なくされた。

それからザッシュはメンバーと別れ、戦闘奴隷《せんとうどれい》を雇い、リュカを打倒するためのチーム【漆黒《しっこく》の残響《ざんきょう》】を作る。

そしてリュカと同じく聖女候補の巡礼旅に護衛として同行しているのだが……状況は芳《かんば》しいとは言えない。

「あの女、一体いつになったら浄化が終わるんだ！」

ザッシュの吐き捨てるような言葉に答えたのは、ワイルドキャッツという種類の猫獣人《ねこじゅうじん》であるミーヤ。

「ちゃんとした環境で休んでいないから力が発揮《はっき》できないと言っていたにゃ！」

「どぎゃんこすえらがあさい、せんびゃうにくいなぐら！」

バグレオンという種類の狼獣人《おおかみじゅうじん》であるグレンも口を開いたが、訛《なま》りが酷くザッシュには言っている内容がわからない。

ザッシュはドワーフ族の女であるレグリーに向かって言う。

「通訳を頼む……」

「他の土地でも、あいつだけ宿に泊まらせてやったのに力を発揮できてないと言っていて困ったよな……だそうです」

ザッシュは力なく首を縦《たて》に振る。

「確かに感知能力は高いのだろうが、今のところ一つも浄化できていないから、ただ移動し続けているだけだ……ここの穢れは今の私には浄化できないくらいに強いとかほざきやがって！　今回の穢れも祓《はら》えないとか言い出したら、いよいよ問題だぞ！」

確かに、巡礼旅における浄化は一筋縄《ひとすじなわ》ではいかないと聞いたことはある。

（それにしたって、時間が掛かり過ぎる！）

ザッシュは内心で苛立《いらだ》ちを爆発させる。

しかし、それをどうにか呑《の》み込み、言う。

「穢れは村の一画にあるから護衛は付けなくても良いだろう。とりあえず俺達は、金を稼《かせ》ぐぞ！」

レグリーは頷く。

「そうですね、あの女のせいで金がかかりますし……そうだ、いっそのこと彼女の家に資金提供をお願いしてみたらどうでしょうか？　あれでも伯爵令嬢《はくしゃくれいじょう》ですから、親に援助を取り付けるくらいできるんじゃないですか？」

「それはどうだろうな？　レグリー、聖女候補が何故平民から多く選ばれるか知っているか？」

レグリーは首を横に振った。

ザッシュは説明する。

「死んでも替えがきくからだ。聖女になれるのは候補の中でもほんの一握り。大半は巡礼旅の途中で死んじまう。令嬢は政治の道具として有用だから、親は手放したがらない。何か特別な能力に秀《ひい》でている者でもない限り好きに生きられないんだ。だから聖女候補が貴族から出るのは極めて稀《まれ》だと言える」

レグリーは疑問を抱いた。

「でも、アントワネットさんを見ていると、そんな能力があるようには思えませんが……」

「特別な才はないが、自由に生きたい。だから聖女候補になろうとしたんだろうな」

その言葉に、レグリーは呟く。

「では、伯爵家に資金援助を頼むのは無理そうですね……」

ザッシュは大きく息を吐いてから、腰を上げる。

「まぁ難しいだろう。まぁそんな不確実なものを当てにするより、当座の金を稼がなければならないってことだ。お前ら、行くぞ！」

「はい！」

「にゃ！」

「ウダ！」

レグリーとミーヤ、グレンも腰を上げた。

こうしてザッシュ達は討伐の仕事をこなすため、村を出るのだった。

◇　◇　◇　◇

宿への帰り道を歩いていると、唐突に頭の中に声が響く。
《リュカ殿……聞こえますかな？》
僕は足を止めた。
「ん？　念話？　誰からだ？　確かこの声は……フローライト家の執事さんか！」
僕はポンと手を打ち、執事に返事する。
《はい、聞こえてます。僕に何か御用ですか？》
《主《あるじ》から、ある情報をお伝えするよう言われまして。リッカ様の浄化の手助けになるかもしれない、

と》
《ゴルディシア大陸とフレアニール大陸の浄化は終わっていますが、別の大陸の情報ですか？》
《詳しくは主からお話を聞いていただければと思いますが、バストゥーグレシア大陸の情報ですので、お役に立てるかと》
《わかりました、今からそちらに向かいますね》
念話が終わり、僕はリッカとガイアンの方を向く。
「これからフローライト侯爵家に向かうことになった！　バストゥーグレシア大陸の試練についての情報を教えてもらえそうなんだ。詳しい話を今から聞きに行こう」
「聖竜国グランディオンがある場所ね？」
リッカの言葉に頷く。
「うん。ひとまず侯爵家に転移するよ！」
リッカとガイアンは僕の肩に手を置いた。
僕に触れていれば、一緒に転移することができるのだ。
そして僕は転移魔法でフローライト侯爵家へと飛んだ。

第二話　侯爵様からの依頼（本来なら名誉なのでしょうけど……）

僕達は、転移魔法でゴルディシア大陸内で一番栄えているカイナートの街から三キロメートルほど離れたところにある、侯爵家の玄関前に着いた。

そこで待っていたのは、執事と六人のメイドさん達だった。

「お久しぶり……というほどではないですね」

僕がそう言うと、執事は直角に腰を折る。

そして頭を上げて言う。

「リュカ殿にリッカ殿、それにガイアン殿もお元気そうで何よりでございます」

続いて、一番年長であろうメイドさんが口を開いた。

「私どもは、少々退屈な時を過ごしております。以前は掃除が一日で終わらなかったくらいなのですが、今では早く終わりすぎて暇を持て余すほどです」

「修業の賜物《たまもの》ですね。まぁ、普通の修業ではありませんでしたからね……」

そう、以前ガーライル侯爵の娘であるアリシア様をカナイ村で護衛しつつ修業させた縁で、侯爵家の皆も長期休暇を利用してカナイ村に修業しにきたのだ。その時メイドさん達は母さんから家事の手解きを受けたんだよね。

僕は瞼《まぶた》を閉じて、自分が母さんに稽古《けいこ》をつけてもらっていた時のことを思い起こす。

家族の修業の中では、母さんの修業が一番楽だった気がする。

料理も掃除も回復魔法もソツなくこなせていた。

元々手先は器用な方だったのもあり、母さんから怒られた記憶はあまりない。

ただ、リッカはよく怒られていたなぁ。

こいつ不器用だし、手抜き掃除をしてすぐにバレていたし。

それに、料理に関しては絶望的だったからなぁ。

本能だけで新たな料理を作り出そうとして、食材を無駄に……あ、そうだ！

僕はある提案をする。

「暇を持て余しているのでしたら、アレンジレシピに挑戦してみるのはどうですか？」

「アレンジレシピ……ですか？」

メイドさんは首を傾げる。

「例えば砂糖《さとう》は貴重なので、大量に使うのは難しい。ですから、その代わりに野菜の甘みを活かしてスイーツを作るとか……そういったアイデアを元に、新しい料理を生み出すんです！」

「なるほど。野菜の甘みを活かしたスイーツなんて考えたこともありませんでした！　面白いですね！　やってみたいと思います」

それから僕達は、ガーライル侯爵の執務室《しつむしつ》に案内された。

扉を開けると、書類の山と格闘《かくとう》しているガーライル侯爵が目に入る。

「旦那様、リュカ殿がお見えになりました」

執事が声をかけるも、ガーライル侯爵は書類から目を離さずに言う。

「すまない、リュカ君。もう少しで終わるから、そこにかけて待っていてくれ！」

僕達は、ガーライル侯爵に言われた通り長いソファに腰掛けた。

シドラは器用に僕の頭にしがみ付きながら寝ている。

ガーライル侯爵はそれから少しして仕事を中断すると、僕らの前のソファに腰掛けた。

テーブルには執事が淹《い》れてくれた紅茶と、茶請《ちゃう》けのクッキーが出される。

シドラはその匂いで目を覚まし、テーブルの上に移動すると、クッキーをつまみ始めた。

そんなタイミングでガーライル侯爵が口を開く。

「すまない、修業が長引いてしまってね。結局帰るのが予定より一週間も遅くなってしまったんだ。そのせいで仕事が溜まっていてね。片っ端から片付けてはいるのだが、一向に終わりが見えない……というわけさ」

「天鏡転写《てんきょうてんしゃ》を用いた最終試練をクリアできただけで御《おん》の字《じ》だと思いますよ。むしろ、なんかすみません。うちの祖父の無茶ぶりに付き合わせてしまったみたいで」

メイドさん達は母さんに師事していたけど、ガーライル侯爵と執事さん達は父方の祖父――と一祖父ちゃんのもとで修業に励んでいたのだ。

一ヶ月の滞在予定だったのだが、修業が長引いたのと、最終試練で苦戦したせいで予定より一週間余計にかかってしまった、というわけだ。

その最終試練というのが、天鏡転写によって生み出した自分を倒すというもの。

天鏡転写とは、映った人間と同じ能力を持った分身を生み出し、指定した相手を襲わせる鏡の魔道具。その分身は元の人間と同じ性能を持つため、倒すのは困難を極める。

ガーライル侯爵は首を横に振った。

「いやいや、貴重な体験をさせてもらったよ。謝罪は不要だ！」

「それなら良かったです」

するとガーライル侯爵が手をパンと打って、話を変える。

「つもる話はまた後日にするということで、早速本題に入ろう。私の知人が運営する、バストゥーグレシア大陸の東方にある魔法学園内で最近、妙な事件が起こっているという話を聞いたんだ」

「妙な事件……ですか？」

僕が聞き返すと、ガーライル侯爵は頷く。

「数名の生徒が突如として魔力枯渇《こかつ》――ＭＰ枯渇を起こして寝たきりになっているとか、生徒が召喚した従魔が突然暴れ出すとか……そういった事件が後を絶たないんだ。生徒達に聞いても曖昧《あいまい》な情報しか得られず、原因の究明が難しくてね。そこで、知り合いに優秀な冒険者がいたら紹介してくれないかと持ちかけられたというわけさ」

僕は納得する。

確かに不浄の地の近くではそういった不可思議な現象が起こると聞く。それでこの話を持ちかけてきたのだろう。

その隣で、リッカが手を挙げた。

「魔法学園といえば、十五歳から十九歳の子達が通う場所ですよね？　私とリュカ兄ぃは生徒として潜入できるとしても、ガイアンはどうするんですか？」

「確かにガイアンは年齢的にアウトだし……」

僕が視線をガイアンに向けると、ガーライル侯爵は言う。

「ガイアン君には講師として潜入してもらおうと考えている」

「俺が講師……ですか？」

ガイアンは目を見開いて驚いた。

ガーライル侯爵は淡々と続ける。

「そうだ、気功術の講師として潜入してもらえないだろうか」

ガイアンは、見た目こそ脳筋だが、意外にも常識人で、教えるのも上手い。

【烈火の羽ばたき】時代には、彼の助言に救われたこともしばしばあった。

そう考えると適任かもしれないな。

リッカも同じ結論に至ったのだろう。頷いている。

そんな僕らの様子を見て、ガイアンは「わかった」と小さな声で言った。

しかし、僕らは他に気にしなくてはならない大きな問題を抱えている。

「学園の生徒として生活するならば、あまり僕達の実力を見せない方が良いですよね？」

「リュカ君は無詠唱《むえいしょう》で魔法を発動していたな。無詠唱で魔法を発動できる人間は極めて稀だから、まず詠唱はするようにしてほしい。その上で、かなり力を抑えないと怪しまれてしまうだろう」

ガーライル侯爵の答えに、僕は思わず唸《うな》る。

「むぅ……僕詠唱は苦手なんだよね。村ではずっと無詠唱で魔法を発動していたから、なんだか違和感があるんだよなぁ」

リッカもそれに同意する。

「私も詠唱は苦手かも……それに、変装もしないといけないかもね」

「名前はどうしましょう？　やはり偽名を使った方が良いですか？」

『潜入と言えば変装と偽名！』なんて少しワクワクした気持ちで質問したが、それはガーライル侯爵にあっさり却下される。

「変装も偽名もいらない。この大陸ならいざ知らず、学園のあるバストゥーグレシア大陸で君達を知っている者はまずいないだろうし……」

そっか、それなら確かに目立たないな……なんて考えていたのだが、ふと机の上でクッキーを齧《かじ》り続けている存在が目に入る。

「あ、シドラはどうしよう？　学園では紋章の中に入っていてもらうしかないのかな？」

僕の手の甲には紋章があり、シドラをそこに収納できるようになっている。

すると、それを聞いたガーライル侯爵が言う。

「シドラとは、そのテーブルにいる子竜かい？　リュカ君の従魔だよな？　魔法学園では、従魔との連携などを学ぶクラスもあるから、怪しまれることはないと思うぞ」

「なるほど！　それなら安心ですね！」

僕は言いながらシドラの頭を撫《な》でる。

シドラはキョトンとした顔をしていた。

それにしても、先ほどからガイアンが何やら難しい顔をしている。

どうしたんだろう……と思っていると、急に顔を上げた。

「魔法学園と聞いて、何か聞き覚えがあると思い先ほどから思い出そうとしていたんだが、やっと思い出せた。【烈火の羽ばたき】が解散した時、ウィズとチエが魔法学園に戻ると言っていた」

僕は思いがけない名前に、思わず顔を顰《しか》める。

「ウィズとチエが魔法学園に!?　講師でもやっているのかな？」

「それはわからんが、ウィズとチエは魔法学園の卒業生なんだ。イチから魔法の研究をすると言っ

ていたから、研究員として雇われた可能性もある」

「担任とかじゃなければ別に良いや。教育機関の研究員なんて、こちらから訪ねない限り会うことはないだろうし」

そんな風にガイアンと話していると、リッカが口を挟む。

「ウィズとチエって、誰？」

「僕とガイアンが昔いたチームの魔道士で……態度がデカくて、やたら偉そうなおばさん」

「おばさんって！　ウィズは俺と同じ年だぞ！」

ガイアンが立ち上がってそう言うので面白くなって、僕は思わずニヤッとしながら言葉を重ねてしまう。

「なんですか、おじさん？」

「俺はまだおじさんと呼ばれる年齢ではない!!」

確かガイアンの年齢は二十五、六とかだった気がする。

ウィズにしたってどちらかと言えば大人のお姉さんといった風貌《ふうぼう》ではあったが、いかんせんこちらには恨みがある。多少の悪口は許してほしい。

ひとまずガイアンには「ごめんごめん」と謝りつつ、ガーライル侯爵に向き直る。

「ガーライル侯爵、学園に潜入するのは何日後ですか？」

「早ければ早いほど良いが……逆にいつであれば問題ない？」

「バストゥーグレシア大陸には行ったことがないので、転移魔法が使えないんですよね。サーディリアン聖王国領内のトライヘリア港からサーテイルの港街まで、船で行くなら最低で二週間はかかりますし」

僕の言葉に対し、ガイアンが言う。

「さっきは、大陸まで飛んで行くとか言っていなかったか？」

「近ければそれでいいんだけど、バストゥーグレシア大陸から見て東に位置するここ、ゴルディシア大陸から行こうにも大陸の西側には行ったことがない。バストゥーグレシア大陸の西方に位置するフレアニール大陸から行くにしても学園が大陸の東寄りにあることを考えると大変だ。飛ぶのには集中力と体力を要するから、休息も必要だしね。別の世界にある地球という星から勇者として転生してきて魔王を倒した英雄、ダン・スーガーが作ったと言われる魔道四輪シルフィンダーでもあれば多少は違うんだろうけど」

「物語に出て来る、馬を使わない乗り物か。確か魔王との戦いで破壊されたんだよな？」

ガーライル侯爵はどうやらシルフィンダーを知っているらしい。

「そうなんですよ。英雄ダンのことだから、他にも作っているんじゃないかと思ったのですが……」

「ないものねだりをしても仕方がない。バストゥーグレシア大陸まで、どうやって早く行くかを考えよう。私も協力は惜しまない」

それから四人で話し合ってはみたものの、これといったアイデアは出なかった。ひとまず休憩を挟もうということになり、クッキーを一齧りした瞬間に、僕はあることを思い出す。

「そういえば、バストゥーグレシア大陸の近くにある無人島にこの間行ったんだ！　確か、モィレル港があった場所で……近くにクフッサ漁港街があったはず。なんで忘れてたんだろ」

しかし、ガーライル侯爵は渋面《じゅうめん》を作る。

「モィレル港……確か、魔王の侵攻で滅ぼされた島だったか？　確かにその場所のすぐ近くにバストゥーグレシア大陸があるが、クフッサから魔法学園までは、それなりに距離があるぞ！」

「大陸内での移動はなんとかなります！」

「リュカ君がそう言うなら……では、こちらを受け取ってくれ！」

僕はガーライル侯爵から依頼書と、学園長宛の手紙を受け取った。

僕らは侯爵家を後にして、モィレル港に転移魔法で飛んだ。

既に空が赤く染まっていたので、その日はそこで野宿をしてから翌朝にクフッサ漁港を目指して浮遊魔法で移動することにしたのだった。

第三話　リュカの禁句！（立ち寄った港で……）

「君のためなら死ねる！」

「え？　あの……」

一人の見窄《みすぼ》らしい青年が跪《ひざまず》きながらリッカに手を差し伸べ、愛を伝えていた。

当然のごとくリッカは戸惑っている。

何故こんなことになったのか――話は二時間前に遡《さかのぼ》る。


僕達三人は、モィレル港の近くの誰も使っていない小屋で朝を迎えた。

「さて、そろそろ出発しようか！」

僕の言葉に、リッカ、ガイアン、シドラが返事する。

「うん！」

「おう！」

『わかったヨ！』

それから僕とリッカは浮遊魔法で、ガイアンは気力気功術の一種である浮遊術で、シドラは自分の翼でバストゥーグレシア大陸を目指して飛び始めた。

海の上を飛びながら大陸に向かう途中に、海草の群生地があったのでいくらか収穫し、更にクジラに似た生物も捕まえ、収納魔法に入れた。

シドラはそれを見て食べたそうにしていたが、我慢してもらう。

小一時間ほど飛んでいるとクフッサ漁港街が遠目に見えたので、人目につかないよう港から離れた場所に降りて、そこへ向かった。

クフッサ漁港街は元は寂《さび》れた漁村だったのだが、英雄ダンのパーティメンバーであるクリアベールの故郷だということで街にまで発展した。

だが、それも一時《いっとき》のことで現在は活気があるとは言い難い。

「ここがグランマの故郷なのね」

「グランマは故郷に戻っているという話だったけど、いるかな？」

僕とリッカが話していると、ガイアンが聞いてくる。

「一体、誰の話をしているんだ？」

僕はその質問に質問で返す。

「ガイアンは、カナイ村を誰が作ったかは知っている？」

「知らん！」

「英雄ダンが魔王を倒した後に妻のクリアベールと孤児達とで作った村なんだよね」

「え？　そうだったのか⁉」

「そう。だから村民は英雄ダンをグランパ、クリアベールをグランマと呼んでいるんだ」

「ちょ……ちょっと待て！　グランマが故郷に戻っているって、つまりクリアベール様はまだご健在なのか⁉」

「グランマは半神《デミゴッド》だから、人間より寿命が長いんだよ。だから、グランマどころかその母親だってまだ生きているはずだよ」

「じゃあ、お前らはもしかして英雄ダンの子孫なのか⁉」

ガイアンが前のめりで聞いてくるので、僕はにやりと笑って人差し指を立てた。

「うん、そうだよ！　……と言いたいところだけど、さすがに違う！　英雄ダンには子供ができなかったらしい」

僕の言葉を、リッカが継ぐ。

「人間と半神の間には、子供ができにくいんだって」

そんなことを話しながら歩いているうちに、僕らは街の入り口に到着した。

そこでは、なんと一人の青年が、複数の男性に囲まれて殴られているではないか。

「どうする？　助けに入るか？」

ガイアンが聞いてくるが、僕は首を横に振る。

「いや、関わり合いになったら面倒だから慎重に……ってリッカ⁉」

「貴方《あなた》達！　やめなさい！」

リッカは殴っている男達に向かって叫ぶ。

男達は警邏《けいら》が来たと勘違いしたのか、そのまま逃げて行った。

リッカは殴られてボロボロになってしまった青年に回復魔法を施《ほどこ》す。

「大丈夫ですか？　立てます？」

「あ、はい！　ありがとうござ……女神様？」

青年はリッカの手を取ったまま、中途半端な姿勢で固まった。

あ、厄介な展開になりそうな予感がする……

「え？　女神ではないですよ……？」

ぎこちない笑みを浮かべて固まるリッカに対し、青年はお構いなしにまくし立てる。

「俺ごときをお救いくださり、ありがとうございます！　良ければ名前をお聞かせいただけますか！」

これはまずいと思い僕は二人の間に割り込む。

「すまない、彼女は仲間なんだ。ほら、行くぞ！」

僕達はその場を去ろうとした。

ところが青年は、後を追ってくる。

そして跪き――


回想終了。

僕は呆れを声に乗せて言う。

「リッカ、ハッキリ言ってやれ。変に勘違いするぞ、こういう奴は」

「申し訳ありませんが、私は旅の途中なので失礼いたします！」

よし、いいぞ！

しかし、青年は食い下がる。

「なら、俺も旅に同行させてください！」

「いや、メンバーは間に合っているから……」

僕はそう口にしながらリッカの腕を取ってその場から立ち去ろうとする。

青年は僕の腕を掴んで声を荒らげる。

「お前の意見なんか聞いてねぇんだよ！　俺はこの子と話をしているんだ！　邪魔《じゃま》をするな！」

青年は僕の手を叩いて、リッカの肩に手を回そうとした。

……なんだか、さっきリンチされていたのはこいつにも原因がありそう、なんて思ってしまう態度である。

リッカは青年の手を払って距離を取った。

僕は今度こそ諦《あきら》めてもらおうと、穏やかに言う。

「これでわかったでしょ？　彼女も君が同行するのは望んでいないんだから、素直に諦めて……」

「さっきからガタガタうるせぇんだよ！　俺は彼女と話をしているんだ！　邪魔するんじゃねぇよ！　女みてぇな面しやがって!!」

女みたいな面……言われたのは初めてではない。

僕は湧き上がる怒りを抑えながら、努めて冷静に再度説得する。

「彼女は僕達の仲間なんだ、いい加減わかってくれないかな？」

「うるせぇって言ってんだろうが！　黙れよ、この男女《おとこおんな》が!!」

――プツン。

何かが切れる音が聞こえた。

これから起こることを察したシドラは、僕の肩からリッカの肩に移動する。

青年は僕が沈黙したのは説得を諦めたからだと勘違いしたのか、僕の横を通り過ぎてリッカの方へ行こうとする。

「あの馬鹿、死んだな……」

後方から、ガイアンが呟く声が聞こえた。

リッカの必死な声がする。

「貴方、早く遠くに逃げて！　ここにいたら殺されるわよ!!」

しかし、青年は振り返ると僕の肩を小突きながら挑発してくる。

「こんな女みたいな顔をした奴に俺が負けるわけないだろ！　オラ、かかって来いよ！　お前を倒して俺が彼女と旅――」

次の瞬間、青年は物凄い速度で吹っ飛んでいった。

僕は叫んだ。

「だぁれが女だって!?　テメェ……ブチ殺して挽肉《ひきにく》にすんぞぉゴルラァ！！！！！！！！！」

僕は青年の元へ歩いていき、髪を掴んで、彼の顔面を何度も地面に打ち付ける。

青年の顔は血だらけになり、歯も折れていたが、やめるわけがない。

今度は胸ぐらを掴んで何度も顔を殴りつける。

血だらけになった青年に回復魔法をかけてから、更に殴る。

「僕の気が済むまで付き合ってもらうぞ！　謝ったって無駄だぞ！　謝った程度で許す気はさらさらないからな！　安心しろ、殺しはしない！　回復させてやるからな！」

「す……すみま……やめ……やめ……」

それから僕は回復させたら死ぬ寸前まで殴り、また回復させて殴りを繰り返した。

「回復魔法で全快させてからまた殴るって……えぐすぎる」

『あるじ……物凄く怖いんだヨ！』

顔を青くするガイアンとシドラにリッカが説明しているのが、視界の端《はし》に映る。

「リュカ兄ぃは、自分が女顔なのを気にしているからね。かー祖父ちゃんが『全く顔つきが男らしくないな！　まるで女みたいだな！』って言ったことがあって。かー祖父ちゃんはリュカ兄ぃにボコボコに殴られた挙句《あげく》、前歯を四本折られたのよ。それ以来、女顔が家族の間で禁句になったの」

僕はその話を聞きながら、当時の苛立ちを思い出し、それを青年の顔面に叩きつける。

ガイアンの驚いた声が聞こえる。

「師匠がボコボコかよ……やべぇな。で、リッカ。止めなくても良いのか？」

「私は嫌よ！　ガイアン、止められる自信ある？」

「ない！　悪いが俺も命は惜しい」


暴力のループを十回ほど繰り返した後に、僕は彼の顔を睨《にら》みつけながら叫ぶ。

「ゴラァ！　もういっぺん言ってみろ！　誰の顔が女みたいだって！　言ってみやがれ!!」

青年はもう抵抗する意思もないようで、ただひたすら謝ってくる。

「本当にごめんなさい！　ごめんなさい！　ごめんなさい！　二度と言いませんし、彼女には二度と近付きません！」

「本当だな!?　次にその顔を見たら……煮《に》えた鉛《なまり》を飲ませてから海に放り込んでやる」

青年を解放すると、瞬《またた》く間に走り去って行った。

ようやく僕の心は平穏を取り戻し始める。

僕は、本来温厚な性格だ。

家族に殺されても、酷い扱いを受けても平然としている。ただ女顔という言葉だけは駄目だ。

ついつい頭に血が上ってプッツンしてしまう。

「リュカ兄ぃ……落ち着いた？」

「煮えた鉛を飲ますって、よくそんなことを思い付くな……リュカ、もう平気か？」

『あるじ、僕、我《わ》が儘《まま》を言わない良い子になるョ！』

リッカ、ガイアン、シドラが怯えながら近付いてきた。

僕は皆の顔を見て、やっと落ち着いたので、苦笑いしながら言う。

「心配かけてごめん。つい……キレちゃった」

その後、僕達はクフッサ漁港街で朝食兼昼食を食べ、魔法学園への旅路に戻るのだった。

第四話　少し困った貴族令嬢（気に入られたみたいです）

「そこの平民！　このマリーベルにその子を寄越《よこ》しなさい」

「お断りいたします！」

クフッサ漁港を出てから、次に立ち寄ったのはルークス子爵が治めているルークシュアンの街。

そこで買い物をしていると、貴族の馬車が目の前に停まった。

馬車から十歳くらいの貴族令嬢が降りてきたのだが、彼女――マリーベルはシドラを一目見て気に入ったらしく、譲《ゆず》るよう要求してきた。

ちなみにリッカはショッピングに行き、ガイアンはこの街の特産品を探しに行ってしまったから
この場にはいない。

学園には従魔クラスもあるので、シドラと過ごしていても問題はないというのがガーライル侯爵

の見立てだった。

しかし、シドラが念話を使えることを知ったら目を剥《む》いて、紋章の中に入れておくように言ってきた。

喋る従魔は見たことがないから、らしい。

ならば、せめて魔法学園に行くまでの間は自由に街を見させてあげたり、一緒に食事をしたりしようと思っていたのだが、それが仇《あだ》になった形だ。

辟易《へきえき》していると、馬車からもう一人降りてきた。でっぷりと肥えた男だ。

男は胡散臭《うさんくさ》い笑みを顔に貼り付けながら、僕に言う。

「娘がどうしてもその子を気に入ってしまってな！　譲ってもらうわけにいかないだろうか？」

「お断りいたします。気に入ったからなんだっていうんですか！　僕の従魔ですよ⁉」

「金は好きなだけ用意しよう！　だから頼む！」

僕は大きな溜息を一つ吐く。

「貴方にとって娘さんは大事ですか？」

「無論だ！　娘は何物にも代え難い存在だよ」

「では、貴方より位の高い貴族が『お前の娘を気に入ったから、好きなだけ金を用意するので譲ってくれ』と言ってきたら譲ります？」

「断固として拒否するに決まっているだろう！」

「それと一緒ですよ。このシドラは僕の従魔であると同時に、大事な家族でもあります。いくら金を用意されたところで譲る気はありません」

僕は頭を下げて、その場を立ち去ろうとした。

だが、騎士が行く手を塞《ふさ》いでいる。

彼らの護衛だろうか。

僕は男を振り返り、つっけんどんに言う。

「まだ何か？」

「名乗ってなかったな、私はこの街ルークシュアンの領主のルークスだ」

「そうですか、それは御丁寧《ごていねい》にどうも。では！」

すると、少女が金切り声を上げた。

「待ちなさい平民！　今なら、その子を渡せば穏便に済ませてあげるわ！　早くこちらに渡しなさい！」

「お断りしますと言ったはずですよ。大事な家族を渡すわけにはいかないので」

「その子竜は貴方みたいな平民には似合わないわ！　私のような高貴な者こそ持つに相応《ふさわ》しいのよ！　わかったら早くこのマリーベルに渡しなさい！」

「そんなに欲しいのなら、行商人からドラゴンの卵を購入して、孵化《ふか》させれば良いのではないですか？」

言いながら、そういうことではないのだろうな、と思う僕。

普通のドラゴンの子供は、卵から孵化したばかりでもかなり大きい。

小さくても一メートルはある。

シドラはタイニードラゴンという体が小さい種族で、かつその中でもピクシードラゴン並みに小さい個体なため、世界でも珍しいだろう。可愛いし。

「私はね、他のドラゴンではなくその子が欲しいのよ！」

「だからあげませんって！　どうしたらわかってもらえるのかな？」

騎士は通してくれそうにないし、かといってここで斬りかかるわけにもいかないしな。

こんなことなら街に寄らずにさっさと魔法学園に行けば良かったな。

いや、シドラを紋章の中に入れておけば……なんて今更な後悔が頭を巡る。

僕が内心で頭を抱えていると、マリーベルがこちらを指差して叫んだ。

「もう、埒《らち》が明かないわ！　皆、その平民を捕らえて！」

「やっぱり、こうなったか！」

僕は仕方なく、騎士達だけに［剣聖覇気《けんせいはき》］を発動した。

これは剣聖であると—祖父ちゃん直伝の技。『気』を対象者に向けて飛ばし、気絶させることができるのだ。

まぁ、実力者には効かないんだけどね。

騎士達は、一人を残して気絶した。

「あれ？　耐えられる人がいたんだ？」

残った騎士は額に脂汗《あぶらあせ》を浮かべながら忌々《いまいま》しげに言う。

「小僧《こぞう》……ただの平民ではないな！」

「これでも一応冒険者だからね」

「なるほど、見た目で判断してはならないということか！」

「な……何が起きたの」

「どういうことだ!?　おいアルバ！」

困惑するマリーベルとルークスに騎士――アルバは説明する。

「この者は覇気を発したのです。我が部下達は、その覇気に耐えられなかった」

「覇気とはなんだ!?　だが、騎士団長のアルバなら対処は可能だろ！」

ルークスの言葉に、アルバは首を横に振る。

「言い換えるなら、圧ですかね。我々は彼の威圧だけで壊滅させられました。覇気を弾く手段はあります。ですが、覇気の強さから判断するに、この者は自分より遥《はる》かに強い」

「そんな馬鹿なことがあるのか!?」

ルークスの言葉に頷いて、アルバは剣を抜いて構えた。

騎士団長というだけあって、剣はかなりの業物《わざもの》だ。

「自分は、ルークス領の騎士団長アルバ・ランカークス！　愛剣バークライドとともに相手をする」

この国の騎士は、自分の名前以外に使用している剣の名前も紹介するようだ。

なら、僕も名乗った方が良いよな。

「僕の名前は、リュカ・ハーサフェイ！　魔剣アトランティカで相手をします！」

「魔剣アトランティカだと⁉」

アルバは素《す》っ頓狂《とんきょう》な声を出した。

僕がアトランティカを握ると、刀身は光を発する。

その光は天まで伸び、周囲を照らした。

「魔剣アトランティカ……本物なのか」

「本物ですよ。聖女候補の巡礼旅に赴《おもむ》くにあたって、祖父のジェスター・ハーサフェイからもらったんです」

「ジェスター・ハーサフェイ……【黄昏の夜明け】の剣聖ジェスターか！　しかも聖女巡礼の旅の護衛任務を受けられたということは、貴様のランクはBランク以上なのか⁉」

「はい、僕はSランク冒険者で、レベルは２００です」

ギルドカードを領主とアルバに見えるように提示した。

そこには今言った内容以外に、侯爵という身分も記されている。

Sランクの冒険者にはあらゆる恩恵が与えられるのだが、この爵位もその一つである。

するとアルバは剣を地面に置いて、両手を上げた。降伏の合図である。

しかし、それを見たマリーベルはなおも喚《わめ》く。

「アルバ、何をしているの？　早くその平民を――」

「黙れマリーベル！」

ルークス領主は、大声でマリーベルを叱る。

するとマリーベルは頬《ほお》を膨らませながらも黙った。

ルークスは一歩前に出て、恭《うやうや》しく片膝《かたひざ》を地面につき、頭を下げた。

「申し訳ございませんでした、リュカ様」

「お父様、何故平民ごときに頭なんか下げているの⁉」

それを聞いたルークスは、マリーベルの頬を引っ叩《ぱた》いた。

「このリュカ様は、Sランク冒険者で爵位をお持ちの方だ。爵位は侯爵で、我々子爵よりも遥か上のお立場なのだ」

「そ……そんな、こんな小汚い奴がお父様より上だっていうの⁉」

ルークスは、マリーベルの反対側の頬も叩いた。

そしてすぐに娘に頭を下げさせ、自分もそれより深く頭を下げた。

「無知な娘の数々の無礼と、我が不遜《ふそん》な態度をお許しください！」

「それは構わないけど……」

僕は失礼な態度をとられたことより、マリーベルが気の毒になってしまった。

彼女に回復魔法をかけてあげる。

「此度《こたび》の不始末……どのように償《つぐな》えばよろしいでしょうか？」

呻《うめ》くように紡がれたルークスの言葉に、僕は困ってしまう。

「シドラは家族だから譲れない。それさえわかっていただければ、別にどうこうしようとは考えていませんよ」

「寛大《かんだい》なご配慮、誠に感謝いたします！　シドラ様に関しましては当然のこと！　娘にはくれぐれも厳しく言い聞かせますので！」

「いや、幼い子供をそんなに叱りつけたらかわいそうだよ。許してあげて」

「ははー！！！」


それから僕は子爵家に招かれた。

なんだかいたたまれなくて、その場をすぐに立ち去ろうとしたのだが、シドラがお腹を鳴らしたのだ。

是非食事をしていってほしいとのことで、その言葉に甘えることになった。

彼らとしては挽回《ばんかい》の機会が欲しいんだろうな。もう気にしていないのに……

ついでに子爵家の使いの者がリッカとガイアンを捜《さが》してくれて、彼らも子爵家に呼ばれた。

食事が終わり、ここに来ることになった原因であるシドラは膨れた腹をさすりながら言う。

『あるじ～お腹一杯になったョ！』

「凄い量食べてたけど、どこに入るんだよ……」

『もちろん、お腹の中にだョ！』

シドラは結局、子爵家の倉庫の備蓄まで食べ尽くした。

そんな大量の食材を調理した料理人達は、今頃床に倒れていることだろう。

僕は満腹になったシドラを連れて、マリーベルの元に行った。

「マリーベル、シドラは家族なので差し上げられません。ですが、僕は少し用事があって席を外しますので、その間、シドラと遊んであげてくれませんか？」

「あ、はい……！　かしこまりましたわ、リュカ様！」

マリーベルは嬉しそうにシドラを抱き上げた。


僕はリッカを連れて騎士団の駐屯所《ちゅうとんじょ》に赴いた。

そして二人で、［剣聖覇気］によって気を失っていた騎士達を治癒した。

その間、アルバが落ち着かない様子で僕のアトランティカとリッカのシャンゼリオンに視線をやっていたので、見せてあげた。

するると、彼は感動で号泣する。

まぁ、伝承に出てくるような剣だもんな。

あ、そういえば――

「ガイアンはどこだ？」

リッカが答える。

「ガイアンなら、領主様と何か話していたわよ」

食堂に戻ると、領主とガイアンが難しそうな顔で話をしていた。

「どうしたの、ガイアン？」

「リュカか、今領主様からこの国の内情を聞いていてな」

「まさか、ガルグランド男爵の御子息と話ができるとは思いませんでした。ガイアン様、貴重な情報をありがとうございます」

「いやいや、実家は貿易をやっているから、各大陸の情報が集まる。この国について貴重な情報を教えてもらったんだ。こっちも何か提供するのが筋ってもんだろう」

ガイアンは見た目は筋肉ムキムキで脳筋に見えるが、実は情報通なのだ。

とはいえ、ガイアンがガルグランド男爵の息子って初めて聞いたぞ。

僕は彼の知的な面を見て、少し感心してしまう。

どうやら彼らの話はもう済んだようで、ガイアンが腰を上げる。

「さてと、そろそろ宿を探すとするか！」

「お待ちください！　今日は我が家に泊まっていってください！」

ルークスが引き止めてくる。

「そこまで御厚意に甘えるわけには……」

僕が遠慮すると、ルークスは食い下がる。

「我々のしでかしたことは、この程度では許されませんので！」

「いいえ、シドラは朝になると、先ほどの倍は食べるのです。なので、子爵家に迷惑が掛かるのではないかと……」

「先ほどの倍ですか⁉」

さすがに驚いた様子のルークスだったが、すぐさま執事やメイド達に食材を手配するよう命じる。

結局僕達は厚意に甘えて、子爵家にお世話になるのだった。


翌日。

僕はけたたましい音で目を覚ました。

音のする方へ歩いていくと、そこは厨房だった。

厨房では数十人もの料理人が慌ただしく働いている。

僕の従魔が原因だと考えると流石に申し訳ない。

僕は少しは足しになるかと、クフッサ港街に向かう途中で捕らえて解体したクジラの魔物——ランシューカクを一頭提供した。

扱いやすいように加工していたのだが、それでも量は相当なもの。

料理長は目を丸くして尋ねてくる。

「これってA級食材のランシューカクですよね？　骨や角は武具に、脂は石鹸や化粧品に、肉は美食家が好む高級な食材に、内臓も薬になります。こんな物、本当にいただいてもよろしいのですか？」

「ええ。僕はただ食用にと思っていたので、危うく肉以外は捨ててしまうところでしたし。用立てていただければ嬉しいです」

「では、ありがたく頂戴いたします」

料理長は深くお辞儀《じぎ》すると、料理人を数名呼んでランシューカクの肉を厨房へと運び始める。それ以外の部位は、どこからともなく現れたメイド達が持っていった。

僕はその様子を見ながら考える。

これで義理は果たしたはずだ。さすがにシドラでも、クジラ一頭を食べられるわけはないだろう……いや、あいつなら食べかねないな。それに、昨日も相当食材を用意してもらったし……

僕は追加でワイバーンとエルダートレントとオーガストリザードとラッシュゲーターとヘルクラブを収納から取り出して、床に置く。

料理長が先ほどよりも驚いた表情になった。

「あの……これは？」

「シドラの食欲を考えたら、足りないかもと思いまして。念のため受け取ってください」

追加の食材は解体していないのだが、その辺は料理人達がどうにかしてくれるだろう。

そんなことを考えていると、料理長以外の料理人が数人集まり、驚きの声を上げる。

「ワイバーンなんて、初めて見ました！　この包丁で捌《さば》けるかな……」

「これって、美食家が好むと言われるオーガストリザードですよね!?」

「ラッシュゲーター!?　図鑑《ずかん》でしか見たことがない食材だ！」

「ヘルクラブがこんなにも大量にあるだなんて!?」

「高級食材をありがとうございます！　さすが冒険者ですね！」

僕は料理人達のあまりの勢いにたじろぎながらも言う。

「い、いえいえ。実はこれらの食材は冒険者活動で得たっていうより、地元で狩ってきたものなんです」

「そんな馬鹿な!!　こんな捕獲難度の高い魔物がよく出現する街や村なんかがあったら、とっくに滅ぼされていますよ……え、本当なんですか？」

料理長が言う。

僕は頷いた。

まぁ、これが普通の反応だろう。

この話を聞いて、僕の村はやっぱり異常なのだと再認識した。

料理人達は早速、食材を捌き始めたが、悪戦苦闘しているようだ。

そんなタイミングで、メイドさんが一人近付いてくる。

「お客様、こちらへお越しください」

「はい、わかりました」


そうして僕は、ルークスの執務室に案内された。

そこは煌《きら》びやかではなく、最低限の調度品のみが置かれた殺風景な部屋だった。

ルークスはソファに腰掛け、僕も彼に促され向かいのソファに座る。

「この度は高級な食材を提供いただき、誠にありがとうございます！」

ルークスが頭を下げてきたが、僕は恐縮してしまう。

「気にしないでください、あの程度の食材であれば村に帰ればいつでも入手できますから」

「そう言っていただけるのは大変ありがたいのですが、あんな狂暴な魔物が村にたくさんいるというのはそれはそれでゾッとする話ですね」

何度も村の説明をするのもいい加減飽きてきたので、僕は切り出す。

「それで、僕は何故呼ばれたんですか？」

「はい、リュカ様が聖女候補の巡礼旅に同行しているとガイアン殿よりお聞きしましたので、こうしてお呼び立てさせていただきました。今後のご予定を聞いてもよろしいですか？」

僕はガーライル侯爵から、魔法学園を調査する依頼を受けたことを話した。

それを聞き終え、ルークスは難しい顔をした。

「マリーベルの兄が魔法学園に通っておりまして。そいつが困った奴なんです。小さい頃は妹とも仲が良く優等生だったのですが、ある時行商人から買った怪しげな魔道書を読んで、それから性格がおかしくなってしまいました。屋敷の中で暴れ出すこともしばしばで……魔法学園のピエール学園長に息子のことを相談したんです。その結果、魔法学園で面倒を見てくれることになりました。その後は悪い報《しら》せが来ることはなかったので、元気にやっているものかと思っていたのですが、もしかすると今回の件に関わっているのでは、と」

「事件に関わるようなことがあれば、自ずと会うことになるでしょう。息子さんのお名前を聞いても？」

「マリウスです」

「わかりました。気に留めておきます」

僕がそう言うと、ルークスは深々と頭を下げた。

話が終わったので、僕は執務室を出てみんなと合流し、朝食を食べるため再び食堂へ。

すると、既にマリーベルがシドラと一緒に食卓についていた。

マリーベルは少し眠そうな顔をしていた。遅くまでシドラと遊んでいたのだろうか。

そのシドラは……凄い勢いで食事している。

僕達もそれを横目に食卓につき、料理に手をつける。

……こ、これは美味い！

他の料理も食べてみるが、どれもが美味しすぎる！

僕らもシドラほどではないが、夢中で料理にがっつくことになるのだった。


それから二時間後、僕らは子爵家を出発しようとしていた。

「ではルークス子爵、ありがとうございました」

僕が礼を述べると、ルークスは深々と腰を折る。

「いえ、道中の無事を祈っております！」

その横ではマリーベルが満面の笑みでシドラに手を振っていた。

「シドラちゃん、またね！」

『またなんだヨ、マリーベル！』

こうして僕達はルークス領を出た。

第五話　王立魔法学園潜入！（変装アイテムは、ヒゲとルーペとパイプと帽子？）

今一度、ガーライル侯爵からもらった依頼書に書かれていた、魔法学園についての情報を復習しよう。

僕らが潜入する予定の王立魔法学園・本校は聖竜国グランディオンが管理する魔法学園である。

かつては王族の者達もこの学園に在籍していたほどに、格式高い教育機関だ。

現在は王族こそ通っていないものの、男爵から公爵まで様々な爵位の貴族や、魔力保有量が多く魔術の才能があるとされた平民が通っている。

また、他の大陸にも兄弟校があり、他校と競い合う大会があるなど、交流も盛んなようだ。

成績は当然魔力や能力の高さを基準とするため、爵位は関係ない。

要は実力主義の学園なのだ。

しかし、そんな中にも権力を振りかざす者はいるらしい。

侯爵から聞いた情報を脳内で反芻《はんすう》し終える頃に、僕らは魔法学園に辿り着いた。

入り口に立っている騎士に侯爵から渡された手紙を見せると、学園長室に案内された。

学園長の椅子には、三十台後半と思《おぼ》しき金髪の男性が座っていた。

「ガーライルから魔道具を介して話は聞いている。私の名はピエール。この王立魔法学園の学園長だ。君達が……リュカ殿にリッカ殿にガイアン殿だな？」

「「「はい、よろしくお願いします！」」」

僕達は学園長に頭を下げて挨拶《あいさつ》した。

すると学園長は鷹揚《おうよう》に頷く。

「うむ。さて、まずリュカ殿とリッカ殿の二人はクラスを別々にする。リュカ殿は魔道クラスに、リッカ殿は法術クラスに転入とする。それに当たって、二人の担任――協力者を紹介させてくれ。入って来てくれ、ウェザリア、チェリエー！」

「ガイアン……ウェザリアとチェリエーってまさか……」

僕がガイアンに耳打ちすると、彼は渋面を作った。

「あぁ、嫌な予感がする……」

部屋に入ってきた二人の女性を見て、僕らは顔を見合わせる。

嫌な予感が当たってしまったようだ。

「この二人が、リュカ殿とリッカ殿の担任だ……ってどうした？　二人して頭を押さえて」

学園長の言葉に答えている場合じゃない。

僕はウェザリアとチェリエー、もといウィズとチエに叫ぶ。

「まさかお前らが担任になるだなんて！　そんな偶然あるのか⁉」

「転入する生徒がいるって聞いていたけれど、リュカだったの？」

「それに新人の講師ってガイアン⁉」

ウィズとチエも驚いているようだ。

学園長が聞いてくる。

「君らは知り合いだったのか？」

「はい、同じチームのメンバーでした」

「なら、話が早いな」

「二人とガイアンは仲が良いですけど……いや、こっちの話です。続けてください」

彼女達に馬鹿にされたり、酷い扱いを受けたりした恨みがさっぱりなくなったわけではないが、こうなった以上は諦めるしかないようだ。

僕はとりあえず、話を聞くことにした。

「では、現在学園で起こっていることを話そう――」

学園長の話はこうだった。

最初にことが起こったのは二ヶ月前。

魔道クラスの生徒が、ＭＰが枯渇した状態で発見されたのである。

翌朝になっても回復せず、それどころかMPポーションでも治らずに寝続けたそう。

さすがに翌日の夜には目を覚ましたが、酷く倦怠感《けんたいかん》があり頭に靄《もや》がかかっているようだと言っていたので、大事を取って次の日は休ませた。

同様の症例がいくつか報告されたが、急病で欠席したという扱いにして生徒には伏せているとのこと。

また、ガーライル侯爵の報告にもあったが、一ヶ月後には生徒が召喚した従魔が暴れ出して契約者を傷つけるという事件も起こった。

そして、それが起きるエリアは学園内全てではなく、ある区画の教室のみなのだそう。

「何人もがMP枯渇になるというのは穢れた土地の近くであればあり得ますが、従魔の件を含めて考えると、誰かが故意に闇属性の魔法でMPを吸い取っている、と考える方が自然でしょうね」

話を聞き終えた僕がそう言うと、学園長は困ったように返す。

「闇属性を持つ生徒を探したのだが見つからなくてな……」

「闇属性を持つ者を探すのは、その他の属性の魔力を感知するより、難しいんです」

「どういうことだ？」

「例外はありますが、他の属性の魔力は魔法を使う時以外も微弱な量が漏れ出しているのですが、闇属性の魔力だけは使う時だけしか魔力が放出されません。探す方法があるにはありますが……それを使うのはこの場合、得策ではないでしょうね」

精密な魔力操作ができれば、同じ属性の魔力を使って感知できる。

ただ、闇の魔力は感知しにくい。それをこの広い学園で探すとなると、当然精度はかなり低くなる。大体どの辺にいるかを大まかに知るという、気休め程度の感知になってしまうのだ。

それに闇の魔力を持つ者は、闇の魔力に対してかなり敏感だ。

こちらが探知をしようとすれば逆探知されてしまうリスクがある。

……あ、そう言えば魔力に対する鋭敏《えいびん》さを逆手に取る方法があるじゃないか。

「一つ、試してみたいことがあるのですが、よろしいでしょうか？」

「構わないが……何をするんだ？」

「僕はこれから学園全体に強力な闇の波動を流します。闇の波動は闇属性を持たない者にとっては無害ですが、闇属性を持っている者には強く影響を及ぼします。現在は授業中ですよね？　もし闇の波動に影響されれば、何かしらの体調不良を訴えるはずです。その生徒を後で呼び出し、僕が接触すれば犯人の特定に繋がるのではないかと」

探知ではなく力任せに魔力を放出するのであれば、逆探知されることもないしね。

「なるほど、やってみてくれ！」

僕はリッカに闇属性の魔力を弾く結界を作る聖女の術・[光《ひかり》の繭《まゆ》]を学園長室に展開するよう指示する。

いかに闇属性の魔力を持っていない人間は影響を受けないとはいえ、逆の属性である聖属性の魔力を多く持った者には、影響が出るかもしれないからだ。学園長室だけにしたのは、聖属性持ちは貴重なため、ここにいるリッカ以外にはいないだろうという判断である。

「では、闇の波動を展開します！」

闇の波動は、壁を抜けてあらゆる場所に広がっていく。

それからしばらく待ったが、体調不良の生徒がいるという報告は上がってこなかった。

僕は言う。

「空振りみたいですね。そうなると考えられる可能性は三つですね」

「三つ？」

聞いてきた学園長に、頷いてから答える。

「ええ。一つ目は、闇属性を持つ者が今日学園に来ていない生徒である可能性。二つ目は抵抗力が強かった可能性。そして最後は悪魔そのものが人間に憑依《ひょうい》している場合です。闇の波動は、悪魔には効きませんから」

「悪魔には効かない？」

「例えば……炎の化身である炎の精霊に火属性の魔法である［ファイアボール］をぶつけても効かないでしょう？」

「なるほど、そういうことか」

ふむ、と考える。

さくっと犯人を見つけて、不浄の地を探して浄化！　とはいかないらしい。

それに、僕は先ほど挙げた選択肢の中でも三つ目か四つ目の可能性が高いのではと、睨んでいる。

僕は［アスピルイーター］というMPを吸い取る闇魔法を使えるが、吸い取れるMP量に制限があり、MPを0にすることは不可能である。ドレイン量の上限なくMPを吸い取る魔法となると、対象者に強い恨みを持っていないと使えない呪詛《じゅそ》に分類される魔法しかない。

恨みに侵された人間は悪魔と同じくらい厄介だ。

この件は不浄の地とは関係なさそうだとわかってしまったわけだけれど……

「仕方ないな。リュカ殿、潜入捜査、頼むよ！」

こうやって学園長に頭を下げられてしまえば、仕方あるまい。

僕は学園長の言葉に、首を縦に振る。

「わかりました！」

かくして、僕はウィズに連れられて魔道クラスへ、リッカはチエに連れられて法術クラスへ向かうことになるのだった。

第六話　学園生活は……（思っていたのと違うな……？）

教室に向かう途中に、ウィズに声をかけられる。

「あのさ、言っておきたいことがあるの。実力はリュカの方が上よ。だけど、この学園では私に従ってくれると助かるんだけど……」

「その辺は弁《わきま》えているよ。僕は生徒でウィズは教師だもんな」

「……弁えていますよでしょ！　年上には敬語を使うこと！　私の名前を呼び捨てにするのもやめなさい！」

「わかりました～麗《うるわ》しくて知的で魅力的だけど、怒るとヒステリックに口汚く人を罵《ののし》るウィズせんせ～（笑）」

「リュカ……あんたねぇ、ぶっ飛ばすわよ⁉」

うん、これでこそウィズだ！

学園長室であまりにも猫被りな対応をしていたので、気持ち悪くて困っていたのだ。

やっぱり根は変わらないとわかって、スッキリした。

「んで、一つウィズに聞きたいんだけど、僕はどの程度まで自分のことを明かしていいの」

あまりに視線が鋭《するど》かったので、さすがに声を潜《ひそ》めることにした。

廊下《ろうか》での会話を他の生徒に聞かれないとも限らない。

ウィズは少し考えてから口を開く。

「全属性の魔力を持っていることまではバレても問題ないと思うわ。でも間違っても授業中に多属性魔法の同時発動や複合統一魔法なんて使わないでよ⁉　教師の立つ瀬がないから……」

「魔法学園では誰も使えないの？」

「ピエール学園長は、どっちも発動できるらしいけど、他の教師は使えないわ」

「僕が学園にいる間に教えようか？　複合統一魔法は難しいかもしれないけど、多属性魔法の同時発動くらいならできるんじゃないの？」

僕がそう提案すると、ウィズは興味深げに聞いてくる。

「私にできるかしら？」

「僕は十四歳で、リッカも十三歳でできるようになったから、その気になればマスターできると思うよ」

「リッカってあんたと一緒に転入してきた子よね？　聖女候補だって聞いたけど、どんな関係なの？」

「リッカは妹だよ、双子のね」

ウィズは視線を斜《なな》め上に向けた。

学園長室で見たリッカの姿を思い出しているのだろう。

そして少しすると、僕を見て言った。

「あなた達、兄妹の割にあまり似てないわね？」

「僕は父に似ていて、リッカは母に似ているんだ。よく似てないと言われる」

「うーん、あんたの家族の顔を知らないから、なんとも言えないけど」

僕はその言葉を聞いて、ポンと手を打つ。

「あ、そういえばウィズには話していなかったっけ。僕の父の名はジーニアス、母はトリシャ、父方の祖父はジェスター、祖母はカーディナルで、母方の祖父はブライアン、祖母はアーシアなんだ」

すると、ウィズは大きく体を仰《の》け反《ぞ》らせて大声を上げる。

「あんたどんな血筋なのよ⁉　【黄昏の夜明け】のメンバーが両親と祖父母って‼」

「しー！　声が大きいよ！」

僕は注意しながら、周りを見回す。

教室から離れた渡り廊下だったことが幸いして、周囲には人はいなかった。

ウィズは手刀を切りながら、深呼吸をして心を落ち着けると、咳払《せきばら》いして言う。

「なるほどね、多属性魔法の同時発動が十四歳でできたってどういうことだって思ったけど、謎が解けたわ……」

「ウィズが望むなら、ガイアンみたいにうちの実家で修業する？」

「そういえば、ガイアンも以前とは雰囲気が変わっていたわね。貴方達、レベルはいくつなのよ？」

「僕とリッカがレベル２００で、ガイアンは１５０近くだったはず」

それを聞いて、ウィズは頭を抱える。

「間違っても、授業の演習で本気を出さないでよ！」

「大丈夫、調節できるから」

それから村の話なんかをしているうちに、教室に到着した。

ちょうどチャイムが鳴り、机と椅子が地面と擦れるガガガという音が聞こえてくる。

時間的に一限が終わったところか。

ウィズはドアを開けると、いかにも先生然とした口調で言う。

「皆さんにお知らせがあります。突然のことなのですが、この度魔道クラスに転入生が入ります。リュカ君です！　皆、色々教えてあげてね！」

先ほどまで授業をしていた先生は、ウィズに会釈して、そそくさと退散していった。

本当にウィズが先生やっているんだ……と謎の感慨《かんがい》に耽《ふけ》ってしまう。

しかし、それよりも——

「ウィズに君付けで呼ばれると気持ち悪いな……」

僕がぼそっと呟くと、ウィズも声を潜めつつ言い返してくる。

「仕方ないでしょ！　学園では生徒を君かさん付けで呼ぶことになっているんだから。それよりも自己紹介して！」

「今日からお世話になります、リュカと申します！　皆さん、よろしくお願いします！」

僕は頭を下げて挨拶をした。

それからウィズに促されるまま、空いている席に座る。

左から二番目の列の、真ん中あたりか。

すると、クラス中の生徒が僕を囲むように集まってくる。

「この時期に転入なんて珍しいね！」

「魔道クラスに編入できるなんて、相当な実力があるんじゃないの!?」

「どの属性が得意なの？」

「どこの出身？」

……と、色々質問攻めにあった。

「はいはい、あまり根掘《ねほ》り葉掘《はほ》り聞かないの！　次の授業の準備して席につきなさい！」

「ウィ……ウェザリア先生、助かりました」

ウィズが気を利かせて生徒達を自らの席に帰らせてくれた。

そんなタイミングで予鈴《よれい》が鳴り、彼女は教壇《きょうだん》へと向かった。

礼をして、席について周囲を見回すと、案外僕の席は当たり席だったのではないかと気付く。

右隣にはエメラルドグリーンの長い髪と緑の瞳が印象的な少女、左隣には青い髪をおさげにした少女が座っている。

どちらもスタイルが良く、それなりに顔立ちが整っている。

なんだか男子から纏《まと》わりつくような視線を感じるのは、このせいかもしれない。

カナイ村の住民は男女ともに美形しかいなかったから、それほど容姿が秀でているとは僕は思わないのだが、教室内の他の女生徒と比べると、整ってはいそうだ。

面倒ごとになるのも嫌だしなぁ、なんて思っていると、右隣の子が僕に話しかけてきた。

「私はシンシア・シフォンティーヌっていうの。リュカ君、よろしくね！」

彼女から差し出された手を無視するわけにもいかず、握手すると、フワッと良い匂いがした。

……しかし、背後から物凄い圧を感じるぞ。

すると、左隣の子も手を差し出してくる。

「私はクララ・ファルシュラムっていいます。リュカさん、よろしくお願いします」

再度、握手。

……瞬間、背後から感じていた圧は、殺意に近い重たいものになる。

お、男の嫉妬《しっと》って怖《こえ》ぇ！

僕は大人しく授業を受け……たかったのだが、そういえば教科書がない。

すると、シンシアとクララが机をくっつけて、教科書を見せてくれる。

凄くありがたいんだけど、後ろが怖いんだって！

僕は冷や汗をかきながら教科書を見る。しかし——

「なんだこれ？」

あまりにも書いてあるレベルが低すぎて、思わず声を漏らしてしまう。

「どうしたの？　何かわからない問題でもあるの？」

シンシアが体を密着させて聞いてきた。

するとクララも、教科書を指差しながら言う。

「私でわかる範囲なら答えますよ。どこを聞きたいんですか？」

「いや、大丈夫だよ。初めて読む内容だったから戸惑ってしまって……」

魔法学園の魔道クラスといえば、学園内でも優秀な生徒が集まるクラス……だと聞いていた。

しかし教科書に書いてあるのは、僕が五歳の頃には既に理解していたような内容である。

「このように、詠唱を簡略化すると威力が落ちます。詠唱を簡略化してもなお、高い威力を保つには相応の魔力を上乗せする必要があり――」

ウィズの説明も聞いてみたが、当然だけど教科書と大差ない。

長く詠唱を唱えた方が魔法の威力が高くなる。これは一般的に言われることだが、何故そうなるかと言うと、詠唱によって魔法のイメージを固めやすくなるからだ。

魔法のイメージをしっかり持っていれば魔力を乗せやすくなるため、詠唱の長短よりも素早くイメージする力を培う方が大事ですよ――なんていう基礎中の基礎を遠回りしながら教えている。

これは思った以上に授業内容に苦痛を感じながら受けることになるな……

リッカも今、きっと同じようなことを考えているだろう。

襲ってくる眠気を必死に噛み殺しながら、なんとか授業を乗り切った。

僕はこの先、この学園でやっていけるのだろうか……？

ただ、それでもなんとか寝ずに済んだのにはあるわけがある。

授業中ずっと背中に注がれ続ける殺気が凄くて、うかうか寝ていられなかったのだ。

くそ！　この殺伐《さつばつ》とした空気をなんとかしてくれーーーーー！！

第七話　不調な学園生活（いい加減にしてほしい）

やっと午前の授業が終わり、僕は両隣の女の子達から解放された……と思ったのも束《つか》の間《ま》。

「お昼ご飯、御一緒しませんか？」

「私達と一緒にどうかしら？」

クララとシンシアが、僕の前に回り込んで声をかけて来た。

女性からの誘いを断るのは失礼に当たるのかもしれないけど、僕としてはリッカと合流して状況を話し合いたいところ。

さて……どうしたものか？

そんな風に考えていると、後ろから鼻につく喋り方の男子が声をかけてきた。

「何を悩む必要があるんだい、ラッキーボーイ！　この高貴なるお二人からの誘いを断るなんて選

択肢、ナッシングだろう？」

「君は誰？」

僕が問うと、彼は芝居がかった口調で自己紹介してくれる。

「僕の名はアベリル！　ファーティラ子爵家の令息さ！　そして彼女達は、ある大国の四大公爵の令嬢であらせられるのだよ」

「この学園では、貴族階級を名乗ることは禁止されているんじゃなかったっけ？　差別を助長しないようにって」

「それは時と場合によるのさ！　だって、彼女達は、この学園の……いや、この世界で誇れるほどの美貌を持つハッコウの美少女だからさ」

なんか、このノリにはついていけん。

それに、このアベリルという男……随分と失礼なことを言わなかったか？

「あのさぁ、アベリル君だったっけ？　薄幸《はっこう》の美少女って二人のことを言っていたけど、意味をわかって言ってる？」

「え？　僕は何か間違ったことを言っていたかい？　光り輝くほどに美しいじゃないか！」

「薄幸って、幸《さち》が薄い、つまり不幸だという意味だよ？」

アベリルはクラス中を見渡した。

クラスの皆のじとっとした視線に気付いたアベリルは、青い顔で教室を飛び出していった。

大方発光と薄幸を取り違えたのだろう……馬鹿な奴だ。

まぁ、彼は放っておくとして、今は二人とどう離れるかが重要だ。

「シンシアさんとクララさん、ごめんね。今日は別クラスにいる妹と話さなくてはならないことがあって。またの機会でも大丈夫かな？」

「そういうことでしたら……」

「わかりました……ですが、私達は食堂にいますので、もし良ければ妹さんも連れて来てください！」

「えぇ、行けたら行きます！」

悲しそうな二人の表情を見ると、なんだかいたたまれない気分になってしまって、僕は逃げるように教室を後にした。

その間、より強い殺意のこもった視線が背中に刺さるのを感じながら。

視線は言っていた。「何故彼女達を悲しませるようなことをしたんだ！」と。

誘いを受けたところで視線の意味が「なんでこいつが！」に変わるだけだった気はするので、どちらにせよ地獄である。

僕はリッカのいる法術クラスまで歩いていき、扉を開けた。

「え……っと、リッカは……あ、いたいた！　リッカ！」

リッカはたくさんのクラスメイトに囲まれていた。

しかし僕とは違って和やかに受け答えをしており、すっかりクラスに馴染《なじ》んでいるようだ。

聖女になるために他の候補と大神殿で集団生活を送っていたので、僕よりは人付き合いに慣れているんだろうな。

リッカは僕の方に歩いてきて、口を開く。

「リュカ兄ぃ、どうしたの？」

「クラスにいると居心地が悪くてね。妹と話すことがあると言って抜けてきたんだ」

「リュカ兄ぃにも苦手なものがあったんだね」

口元を押さえて愉快そうに笑うリッカ。

僕は気恥ずかしさを誤魔化《ごまか》すように咳払いする。

「せっかく昼休みだし、食堂で食事しながら話さないか？」

「わかった、クラスメイトに伝えてくるね。ご飯食べる約束しちゃってたから」

「悪いな」

しかし戻ってきたリッカが苦笑いを浮かべた。

「友達に、リュカ兄ぃを紹介してほしいって言われちゃってさ……」

「僕を紹介!?　そんなに転入生が珍しいのかな？」

「リュカ兄ぃ、もう少し自覚した方が良いと思うけど……」

リッカが周囲を見るようにジェスチャーしてくる。

確かにほとんどの生徒が僕達を見ている。

が、これはリッカが目立つからだろう。

家族の贔屓目《ひいきめ》なしでも可愛いから、皆が振り返るのも理解できる。

むしろリッカが自覚した方がいいんじゃないか、と思ったが、彼女が自分の見た目がいいことを活かして時折悪戯《いたずら》してくることを思い出して溜息を吐く僕だった。


雑談をしながら歩いていると食堂に着く。

ざっと食堂を見回してみるが――

「この時間では、あらかた席が埋まっちゃっているね。相席できないか、頼んでみる？」

「リュカ兄ぃ、誰かが呼んでいるよ！」

「え？　どこどこ……って、げっ⁉」

リッカの指差した方には、大きく手を振るシンシアとクラベがいた。

確かに二人は食堂にいるって言っていたが、僕を見つけるのが早すぎやしないか⁉

目立たない席をすぐに確保して、二人で作戦会議をしたかったのに、これではなんのためにリッカを呼びに行ったのかわからないな……なんて思うが仕方ない。

僕は観念して、リッカを連れてシンシアとクラベの元へ。

「貴女がリュカさんの妹さん？」

クララが聞いてくる。

「はい、リッカです！」

そうリッカが答えると、シンシアがしみじみと言う。

「やっぱり兄妹揃《そろ》って美男美女ね……」

「え？　僕って美男扱いだったの？」

僕が驚くと、リッカは呆れたように半眼になる。

「はー、だからさっき言ったでしょ？　リュカ兄ぃはほんとに自覚に欠けるわね……」

クララもこれには同意のようだ。

「リッカさんも大変ですね」

「ええ、まったくです」

なんか釈然《しゃくぜん》としない……

しかし僕が口を開く前に、リッカが明るい声で話題を変える。

「リッカで良いですよ！　お二人は？」

「私はシンシア」

「私はクララです」

自己紹介が済んだところで、僕達はそれぞれ昼食を購入し、シンシアとクララが取っておいてくれた席で食事することになった。

その間当然のことながら、教室で感じたのと同質の殺気が僕の背中を襲ってくるが、もうこれは慣れるしかないんだろうな、と既に諦めの域だ。
そこで、ふと違和感を覚える。
なんだか、嫌な視線が交じっているな。
僕は索敵《さくてき》魔法を展開した。
しかし、食堂内には大勢の生徒がいるので、あまりに得られる情報量が多い。
それを精査しているうちに、嫌な視線そのものが消失した。
《どうしたの、リュカ兄ぃ？　何か感じた？》
リッカが念話で聞いてくる。
《嫌な気配を感じたんだけど、特定できなかった》
《リュカ兄ぃに嫉妬の念を抱いている男子生徒の視線、とかじゃなくて？》
《いや、それも多分にあるんだけど……》
《シンシアもクララも可愛いからね。それに女の子三人と男子一人で食事していると、面白くないと感じる人も少なくないでしょう？》
《この二人は何かと世話を焼いて来るんだよ。転入生の僕に気を遣ってくれているみたいでさ》
《リュカ兄ぃは、もう少し自覚した方が良い……もう良いわ！》
どうやらリッカの機嫌を損ねてしまったようだ。二人で黙っていると怪しまれそうなので、僕は口を開く。

「ところでリッカ、授業内容はどうだった？」

「そうねぇ……初心に返れた、わね。リュカ兄ぃは？」

「まぁ概ね一緒の感想だね」

「初心に返れたって……二人は、今日の授業内容を既に知っていたの!?」

「私は理解はできるけど、実践できるかどうか不安だなーって思いながら聞いていましたわ」

シンシアとクララは驚きの表情を浮かべている。

「育った環境の違いかな？　僕もリッカも魔法を覚え始めた頃は詠唱していたけど、今は無詠唱だし……」

僕は左の手の平に炎を出現させ、握ってそれを消した。

顔を上げると、シンシアとクララは目を丸くして僕の顔と手を交互に見ていた。

……あ、そういえば無詠唱で魔法を発動するなって言われてたんだった。

それからしばらく学園のカリキュラムとかについて話を聞いてから、僕は「トイレに行く」と告げて席を立つ。

そして廊下に出た途端、七人の男子生徒に囲まれた。

「フン！　やっと一人になったか。この時を待っていたんだよ！　ついてこい！　逃げるなよ。逃げたらどうなるかわかっているんだろうな」

「はいはい」

僕は彼らに大人しくついていく。

辿り着いたのは、学園から少し離れた倉庫の裏だった。

人通りはないし、校舎から離れているので助けを呼べないだろうと考えたのかな。

「おい転入生！　初日から目立ってんじゃねーか！」

僕を壁の方に突き飛ばしながら、男子生徒の一人が言い放った。

「そうなのか？　僕は目立たず地味に学園生活を送りたいんだが……」

「シンシア様にクララ様、そして法術クラスに転入してきた美少女。そんな豪華な三人と食堂でランチをしていて、目立ちたくないだと⁉」

別の生徒が言う。

僕は溜息を吐く。

「何熱くなってんだよ。僕なんかに絡んでいる暇があるのなら、彼女達にアプローチしてみろよ」

「生意気な口を……！　おい、コイツを押さえろ！　痛めつけてやろうぜ！」

更に別の生徒が言うが、僕がこんな奴らに負けるわけがない。

「どこに行っても、こういう奴らは変わらないんだなぁ……」

「何をブツブツ言っているんだ！　お前ら、やれ！」

男子生徒は七人で一斉に飛びかかってきた。
僕は魔力を一切使わずに、彼らを一瞬で叩きのめす。
地面に伏している姿はまるで潰れた空き缶のようで――
「やべ、やりすぎた！」
僕は回復魔法と、闇魔法の「ダークフィア」をかけた。
ダークフィアは、精神に恐怖を植え付ける魔法だ。
これでもう二度と歯向かってくることはないだろう。
両手をパンパンと叩いていると、予鈴が聞こえてくる。
「おっと、急いで教室に向かわないとな」
僕はその場を離れて教室に向かって走り出した。
僕を襲ってきた生徒達は……自業自得だ。さすがに教室に運んでやる義理はない。

第八話　疑惑？（僕が疑われている……ってことはないか？）

翌日、僕は校内放送で学園長室に呼び出された。

理由は昨日僕を襲った者達が学園に姿を見せなかった――例の事件の犠牲者《ぎせいしゃ》となってしまった

から。

学園が運営する学生寮の寮母さんの話によると、どうやらあの七人は未だ目を覚ましていないようだ。

ちなみに今回の犠牲者も、今までの者達と同様にＭＰが０の状態で発見されている。

「まさか、僕の仕業とか思っていませんよね？」

僕が聞くと、学園長は「まさかまさか」と顔の前で手を振る。

「いや、そんなことは全く思っていないよ。君が犠牲になった生徒に連れられていたという証言が得られたから、彼らに何か変わったところがなかったか聞きたいのだよ」

まぁ起こったことをありのまま説明するのが早いか。

「昨日、魔道クラスのシンシアとクララとリッカで食堂で昼食を摂ったのですが、人気者二人に食事に誘われたためか、僕に対する殺気と圧が凄くて廊下に出ました。すると、件《くだん》の生徒達に絡まれまして。建物の裏の人気《ひとけ》のない所でリンチしようとしてきたので、撃退したんです。だけど思った以上にダメージを与えてしまったので、回復魔法で怪我を治して精神に恐怖を与える闇魔法を放ってからその場を後にしました」

「精神攻撃か。それ以上何かをしたというわけではないんだな？」

僕は首を縦に振る。

更に学園長が聞いてくる。

「他に気付いた点はなかったかい？」

「食堂で、殺気以外に嫌な気配を感じました。索敵をしたのですが、生徒達が多すぎて特定には至らなかったのですが」

「嫌な気配とはどういったものだった？」

「他の生徒からの殺意混じりの視線は昨日ずっと感じていたのですが、それよりもっと深い憎《にく》しみ——闇を感じる気配でした。きっと、負の感情が高まって視線に闇属性の魔力が混じってしまったんじゃないかと推測しています」

学園長は僕の話を聞き終え、懐《ふところ》から被害者のリストを取り出す。そして顎《あご》に手を当てた。

僕も学園長が取り出した紙に視線を向ける。

そこであることに気付く。

「被害女性のリストはないんですか？」

「それが、被害に遭ったのは全て男子生徒なんだ」

「それって、大きなヒントになりませんか？　魔力は男女で若干質が異なります。そのため、同性の魔力を吸い取った方が自分の魔力に変換して吸収する際に楽なんです。僕が犯人なら、なるべく手間をかけずにエネルギーを集めたいと考えます。つまり、犯人が男性である可能性が高い、と言えるんじゃないでしょうか。そこから更に犯人候補を絞りたいのですが……」

僕はそこで言葉を切り、考える。

学園長が言う。

「襲われた者達は、魔道クラスや法術クラスの男子生徒だったが、それだけだと誰が犯人かまではわからんな」

「僕が食堂で嫌な気配を感じたのは、女子三人と食事していた時です。そう考えると、シンシアとクララのどちらかを好いている者が犯人だと考えてもいいかもしれません」

「なるほど。ならば、リュカ殿がやるべきことは彼女達ともっと親密になってより強い敵意を犯人から引き出すことかもしれぬな」

確かにそれは一理ある。むしろそれしか今僕らが取れる手段はない……のかもしれないが、これだと僕はよりいっそう男子生徒達から憎まれそうだな。

まぁ、事件が解決したらさっさと退散すれば良いと考えて割り切るのが一番いいんだろうな。

グッバイ、僕の平穏な学園生活。

ただ、これが今後にまで影響してくる可能性があることを思い出す。

「でも、これ……後で問題に発展したりしませんか？　彼女達は公爵令嬢ですし……」

僕がそう言うと、学園長は慌てて聞いてくる。

「リュカ殿は一体何をする気なんだ⁉」

「彼女達ともっと親密になれ……って、恋仲に近い関係を構築することになりますよね？」

すると、学園長は頭を押さえてよろめいた。

「はぁ……そこまでやれとは言っとらん！　周囲から見て親密に見えればよい！」

つまり、軽いスキンシップを自然に取れる関係くらいだろうか……うーん、あんまり変わらない気もするな。

そんなことより、だ。一日学園生活を送ってみて感じた、不便を解消したい。

「ところで、犯人がかなり厄介な可能性があるので、もう少し魔法に関する規制を緩くしてもらえませんか？　無詠唱での魔法行使や多属性魔法の同時発動を見せることで、シンシアとクララも僕により強く興味を持ってくれるでしょうし」

食堂で無詠唱は見せてしまったけれど、ここでオーケーが出れば問題あるまい。

「まぁ、よかろう。だが、間違っても複合統一魔法は使うなよ？」

ほう、僕の魔法の実力はガーライル侯爵から聞いているのか。

そういえば……

「学園長も複合統一魔法を使えるんですよね？」

「あぁ、四属性までな」

「あ、四属性だけなんですね」

「聞き捨てならんな！　『だけ』とはなんだ！　リュカ殿はいくつの複合統一魔法を発動できるんだ？」

「故郷で全属性の複合統一魔法を放ちました。まぁ、初級魔法でしたけど。かなり大きなクレーターができましたね」

すると、先ほどまで強い語勢で話していた学園長は途端に顔を真っ青にする。

「化け物か!?　絶対にやるんじゃないぞ！　学園そのものがなくなってしまう……」

「やりませんって！」

さすがにそれくらいの分別はある！　……はずだ。


ひとまず行動指針が決まったので、僕は学園長室を出た。

学園長室に何故呼ばれたのか質問されそうだな……なんて思いながら教室に入ると、そこはもぬけの空だった。

黒板を見ると、『校庭の演習場で授業』と書いてある。

体操着に着替えて演習場に向かうと、魔道クラスの生徒達が三列に並んでいた。

先頭の生徒はそれぞれ石人形に魔法を放っている。

「出《い》でよ炎！　そしてかの者を焼き尽くせ！　「ファイアボール」！」

そんな生徒の声を聞きながら、僕は懐かしい気持ちになる。

そういえば、詠唱ってこんな感じだったな。最後に詠唱して魔法を使ったのは大分前の話だから、忘れていた。

僕はウィズに学園長との話が済んで戻ってきたと伝え、一番空いている左の列の最後尾に並んで順番を待つことに。

二分ほどで順番が回ってきた。

「リュカ君、頑張って！」

「リュカさん、気を楽にね！」

後ろに並んでいる女子生徒がそう言ってくれるが、たかが「ファイアボール」を発動するのに、『頑張って』も『気を楽に』もないんだけどなぁ……

とはいえ、犯人を炙《あぶ》り出さなければならない。

シンシアとクララにインパクトを与えるために、ここは派手にやるか！

僕は右手を上に突き上げる。

すると、空中に百個程度の「ファイアボール」が出現する。

そして、右手を振り下ろす。

大量の「ファイアボール」は物凄い音を立てて降り注ぎ、石人形を破壊した。

振り返ると、クラスメイト達が呆然としている。

すると、ウィズがこめかみをひくひくさせながら歩いてきて、耳元で声を潜めながら言う。

「リュカ、貴方は何を考えているの!?」

「学園長から了承を得たんだ。犯人を炙り出すために、シンシアさんとクララさんと親しくなれって。彼女達の興味を引くために派手に立ち回らなくちゃならないから、それほど実力は隠さなくていいって言われている」

「派手にやっていいって言っても、いくらなんでもやりすぎでしょ！」

僕がそれに対して答えようとしたタイミングで、クラスメイト達が駆け寄ってきた。

ウィズは恨みがましい視線をこちらに向けながら、退散していく。

「詠唱を使わないで、どうやったの？」

「あの［ファイアボール］の数は何⁉　凄すぎる！」

「どうやったらあんなことができるの⁉」

こんな調子で、クラスメイト（主に女子）達は早速僕を質問攻めしてくる。

僕はシンシアとクララを呼んで、実演しながら説明する。

「無詠唱で魔法を使ったんだ。魔法に対して理解を深めて、より鮮明なイメージを魔力に乗せればできるようになるんだけど……説明するより実際にやってみた方が早いね。魔力を流すのも並行してやるとなると難しいから、僕がシンシアとクララに魔力を流す。だから二人は普段使っている魔法を、より魔力の動きをイメージしながら使ってみてほしい。で、魔力はお腹に触れないと流せないんだけど、触れても良いかな？」

魔力は男女で質が違うけれど、僕は昔から魔力変換の訓練もさせられている。これくらいは造作もない。

ただ、よく考えずにとんでもない提案をしてしまったかな……と思ったが、シンシアとクララは即答する。

「お腹に？　別に良いけど」

「私も構いません！」

僕は二人の間に立ち、彼女達の下腹部に触れて魔力を流した。

シンシアとクララは顔を赤くしてくぐもった声を漏らす。

なんだか、よからぬことをしているみたいな構図になってしまったな……

確かに他人に魔力を流してもらうと、いつもの感覚と違うから、少しこそばゆいのだ。

しかし当然そんなことを知らず、遠巻きにしてこちらを見ている男子達は瞬時に凄い殺気を発してくる。

僕は溜息を吐きたくなるが、任務のためだ、仕方ない。

「よし、じゃあこのまま詠唱をしないで魔法を使ってみて」

二人は頷き、魔法を放つ。

すると、彼女達が放った魔法はしっかりと人形を捉えた。

よし、無事に成功したな。

それを見た他の女子達が、「ずるい、次は私も！」と口々に言い出した。

確かに二人にしかやらないのも不公平なので、僕は結局全員に同じことをする羽目になってしまった。

どこかくたっとした様子の女子達から、男子生徒達の方に視線をやる。

彼らは顔を真っ赤にして、血走った目で僕を睨んでいた。

途中から気付いていたし、当然のリアクションではあった。

やりすぎかとも思ったけど、これくらいやらないと意味がない。

そして授業が終わり、休み時間になったところで、僕は『小太り』と『ひょろひょろ』に呼び出され拘束された後、彼らを男子トイレの便器の中に落とすことになるのだった。

第九話　敵意を集める方法（簡単に見えても、実は難しいんです）

お仕置きが終わり教室に戻ると、女子達は顔を赤くしながら僕に視線を送ってくる。

なんだか変に勘違いされてしまったり、意識されてしまったりしていそうで、僕は内心冷や汗をかく。

その時背後から、食堂で感じたのと同じ嫌な気配が襲って来た。

振り返ると、その気配は消えてしまう。

「このクラスの生徒か？　いや、教室のドアは開いているし、別のクラスの人間の可能性もあるか」

ただ、こうした行動で犯人を刺激できるとわかったのは大きな収穫だろう。

しかしこのままでは進展がなさそうだという体感もある。

正直あまり乗り気ではないが、もう少し大胆に行動するしかないか……


それから二日後。

昼休みに入った瞬間、僕は机に突っ伏す。

授業が難しかったから……なんて理由では当然ない。それよりも難しい問題に、授業中ずっと頭を悩ませていたのが理由である。

難しい問題、それはシンシアとクララとより親密になる方法だ。

僕には女の子とデートした経験なんてない。

カナイ村にいた女性は十歳以下の子供か、二十五歳以上の大人だけだった。

唯一リッカがいるが、妹である。

いつか女子としてみたいことを幼馴染達と話してはいたが、実践する機会などあるはずもなかった。

「相談できる相手が妹しかいないというのは寂しいな……僕に敵対心剥き出しのクラスの男子に相談できるわけもないし……」

こんなことなら、もっと男子にも話しかければ良かった……と思うが、後の祭りだよな。

そんなことを考えていると、クララが声を掛けてくる。

「リュカ君、詠唱破棄について教えてほしいんだけど、今って時間あります？」

「詠唱破棄？　あぁ、無詠唱ね。良いよ、何が聞きたいの？」

どうやら学園では無詠唱ではなく詠唱破棄という単語で教えているらしい、というのは最近知った。

クララは言う。

「ここだと試せないから、演習場に行きましょう！」

僕は、あることを思いつく。

「じゃあ、ショートカットしても良いかな？」

「え？　それって、どういう――きゃぁ！」

僕はクララをお姫様抱っこした。

悲鳴を上げながらもクララは僕の首に腕を回した。

その瞬間を見ていた女生徒達から黄色い声が上がり、男子生徒から強い殺気を向けられる。

僕はそのまま教室の窓から外に出て、浮遊魔法を発動する。

「リュカ君は浮遊魔法も使えるのね！」

クララが驚いたように言うので、僕は鼻を鳴らす。

「まぁね」

演習場に着くと、クララを地面に下ろす。

演習場にはそこそこ人がいて、一斉に僕らの方を見てきたが、気にしないことにした。

「それで、何が聞きたいのかな？」

僕が尋ねると、クララは下を向きながら言う。

「この間の授業で、リュカくんのお陰で詠唱破棄の感覚は掴めました。でも、いざ自分だけでやろうと思うと上手くいかないんです」

「それは魔力制御ができていないからじゃないかな？」

「魔力制御……ですか？」

「そう。今度はその感覚を一緒に掴んでみよっか」

「またお腹に手を当てる……？」

「いや、別の方法なんだけど……その方法がまた、ちょっと、ね」

僕はと一祖母《ばあ》ちゃんにやってもらった魔力制御の方法を思い出した。

あれは家族だから許されることなんじゃないか、と思ってしまう。

だが、やり方を知らないクララは、やる気満々だ。

「どんな方法なの？　それでできるならやってほしい！」

僕がクララの耳元でその方法を話すと、彼女は顔を真っ赤にしてから両手を顔に当ててしゃがみ込んだ。

しかしすぐに立ち上がって、僕に真剣な眼差しを向けて来た。

「わかりました。上達するためですものね。やってみます！」

僕は葛藤《かっとう》する。

これはこんな人の多いところでやっていいことなのか？　お姫様抱っこより難度が高いぞ。

しかし、男子生徒の敵意を向けさせるという意味では、有効な手かもしれない。

僕は唾《つば》を呑み、尋ねる。

「本当に良いんだね？」

「はい、やってください！」

「周りに結構人がいるけど、場所変える？」

「いえ！　大丈夫です！　すぐに魔法を撃てる場所の方がいいと思います！」

僕が無言で深く頷くと、クララは直立して目を閉じた。

そんな彼女を僕は優しく抱きしめ、体を密着させた。

そして微弱な魔力をクララの体を覆うように放出する。

これが痛くはないんだけど、微妙にくすぐったいのだ。

クララは最初こそ堪《た》えていたが、段々と色っぽい声を漏らし始める。

当然のことながら、教室内で向けられたのとは比べ物にならないほどのドス黒い殺気が僕を襲う。

そして——

「もうだめぇーーーーー!!」

クララはそう言うと、地面にへたり込み、ぐったりしてしまった。

顔は真っ赤で、呼吸は荒い。

「あらら……まだ第一段階にすら行っていないのにこれか……」

そう、これはまだ序の口。

段々と人に込めてもらう魔力を増やし、最終的にはそれを操れるように鍛える——というのが魔力制御の訓練の全貌である。全身を魔力によって撫でられている、あるいはくすぐられているような感じなので、相当こそばゆい。僕がとー祖母ちゃんにこの訓練をさせられた時には、あまりのくすぐったさに絶叫していたものだ。

「ごめ……ん……なさ……い」

息も絶え絶えに謝るクララを、僕は「気にすることないよ」と言いながら抱き上げ、保健室に運ぶことに。

クララを持ち上げると、彼女は安心したのか気を失ってしまった。

保健室に向かう途中、廊下であの嫌な気配を感じた。

だが昼休みの廊下は人が多すぎる。この中から特定するのは難しい。

保健室に入ると保健医がいなかったので、クララをひとまずベッドに寝かせてあげる。

扉の向こうに例の気配を感じるものの、ここで踵を返すと相手は警戒して逃げてしまうだろう。

……仕方ない。

「クララごめんね……少しくすぐったくなっちゃうけど、許して」

僕はクララの胸のあたりに手を翳して、体全体に行き届くように強めに魔力を流した。

「――んあっ！」

クララは甲高い声を発した。

「さて、これで相手が勘違いしてくれると嬉しいが……」

透視できる魔法を使われたらこの行為は意味がないけど、透視魔法は実在するかも定かではない。

当然僕ですら使えない。

となれば、僕がクララを保健室のベッドに寝かせていかがわしいことをしていると相手は勘違いするはず。

扉の向こうの気配が多少近付いてくる……が、扉を開けて飛び込んでくるには至らないか。

それから数秒して――とうとう扉が開いた。

そこにいたのは、リッカとシンシアだった。

「リュカ兄ぃ……クララに何をしているの!?」

「リュカ君、何をしているの!?」

感知してみるが、もうあの気配はなかった。

「扉の前に誰かいなかった？」

僕がそう尋ねると、シンシアが言う。

「どなたもいなかったわよ？」

「……って、リュカ兄ぃ、そんなことより何をしているのかって聞いてんの。気を失っている女の子の胸に手を置くのは感心しないんだけど！」

「え？」

リッカに言われて視線を自分の左手に移すと、クララの胸をしっかり触ってしまっている。

気配を探るのに必死で気付いていなかった！

僕は慌てて手を離した。

「ごめん、全く気付いていなかった。クララに魔力制御の稽古をつけていたら、倒れてしまって、それを介抱していたんだ」

我ながら怪しい言い訳である。

魔力制御の稽古が何を指すのかを知っているリッカはジト目を向けてきているし。

僕は慌てて話題を変える。

「ところで二人はどうしてここに？」

リッカは呆れたような口調で答える。

「シンシアがサロンでお茶しないかって誘いに来てくれたの。で、リュカ兄ぃとクララを呼びに行ったらお姫様抱っこして教室の窓から飛び出したって聞いて。演習場では抱き合ってたらしいし。

リュカ兄ぃが気を失ったクララを抱き上げて保健室に行くのを見たって証言をもとに、今ここに来たってわけ」

リッカの視線は『ほんとに何やってるわけ？』と言っていた。

「えーと、何から説明すればいいかな……」

どうしても依頼の件に触れなければ説明できないので、僕はリッカに念話で問う。

《保健室の前には、他の生徒は本当にいなかったんだよな？》

《誰もいなかったわよ！　そうやって話を逸らそうとして！　……ってまさか、あの気配を感じたの？》

《あぁ、扉の外に嫌な気配を感知した。だけど誰もいなかったとなると、あの気配は一体なんだったんだろうな……》

実体のない悪魔？　もしくは転移魔法が使える者が一瞬で逃げた？

どちらにしても情報が少なすぎる。

今以上に相手の激情を引き出すためには、クララだけでなくシンシアも巻き込む必要があるな。

《リッカ、ちょっと相談させてくれないか――》

第十話　リュカの秘策（これがまた……）

リッカに、シンシアも巻き込める方法を考えてくれないかと念話で伝えてから一秒後。

彼女の返答は『いっそ学園長に許可を取って、二人に依頼のことを話そう』というものだった。

確かに、全ての事情をシンシアとクララに話して協力を得た方が話は早い上に、今後行動しやすくなる。

ならばコソコソ念話でやり取りする必要もないな！

僕は言う。

「リッカはクララの回復をお願い。魔力を譲渡して体に負荷がかかっちゃったから、どうにかしてあげて！　僕は学園長に相談しに行くよ。あと、念のために守護結界張っておいて……」

「わかった！」

「え？　どういうこと？」

リッカは頷くが、シンシアは当然戸惑っている。

しかし、それを説明するのも面倒だ。

「後でわかるよ。転移・学園長室！」

僕は学園長室に移動した。

◆　◆　◆　◆

リュカがいなくなった保健室では、シンシアが呆然としていた。

「リュカ君が消えた！」

それに対して、リッカはさも当然のように答える。

「転移魔法を使って移動しただけよ」

シンシアは思わず叫ぶ。

「転移魔法って……あの伝説の魔法⁉」

「伝説の魔法なの？　私の故郷では使える人が結構いるけど？　それよりも、リュカ兄ぃはどれだけクララに魔力を譲渡したのかしら」

言いながら、リッカは収納魔法からシャンゼリオンを取り出した。

シンシアはまたも呆然とする。

「空中から剣が……どんな魔法なの……」

「ただの収納魔法よ。別に珍しくないでしょ？」

「収納魔法も伝説の……って、その剣、凄く綺麗ね？」

「聖剣だからね。これでクララの体の中に溜まったリュカの魔力を吸い出せるわ」

リッカは聖剣を抜いて、刀身をクララの体に当てた。

少しするとクララが目を覚ましたので、リッカは聖剣を収納魔法にしまう。

「これで平気なはずだけど。クララ、大丈夫？」

クララは頭を右手で押さえている。

「うん。なんだか頭がグラグラしていて気持ち悪かったんだけど、すっかり良くなったわ」

「あぁ、魔力酔いを起こしていたのね。魔力量の少ない人が、他者から魔力供給を受けると、負荷が大きすぎてこうなることがあるのよ。魔力を吸い出すか、時間が経てば治るわ」

「なるほどね……それにしても、魔力を吸い出すこともできるなんて、リッカの聖剣には凄い能力があるのね。名のある聖剣なの？」

そんなシンシアの言葉に答えるように、リッカは再び収納魔法から聖剣シャンゼリオンを取り出して、鞘《さや》から抜いた。

「この聖剣の名前はシャンゼリオン」

「シャンゼリオン……？　どこかで聞いたような……」

「聖剣シャンゼリオン？　あれ……？」

シンシアとクララは口々にそう言って顔を見合わせた。

「聖剣シャンゼリオンって、異世界から救世主召喚された勇者が持っていた剣よね!?」

そんなシンシアの言葉に、クララが重ねて言う。

「まさかリッカは勇者なの!?」

「説明はリュカ兄ぃが戻って来るまで待って！」

そう言ってもなお、興味津々な目を向けてくる二人に、リッカは内心で溜息を吐くのだった。

◇　◇　◇　◇

「あ、学園長に相談したいことがありまして――」

学園長室に着いた僕、リュカは早速用件を切り出そうとしたのだが、学園長に止められる。

「その前にリュカ殿、どこから現れた？」

「転移魔法で移動してきました。保健室から学園長室って結構遠くて、つい」

「転移魔法も使えるのか。まぁ私も使えるから、意外ではないが。誰に習った？」

これってもしかして……

僕は自分の推測が正しいかを確認するために、聞き返す。

「そういう学園長は誰から習いましたか？」

「私は幼少の頃に魔女カーディナル様から教えてもらったのだが……」

やはり学園長は、とー祖母ちゃんの弟子だったようだ。

ということは、生半可な習得方法ではなかったはず。

本当ならすぐに今後のことを相談しなくてはならないが……どうしても気になる！

「転移魔法の修業ってどんな感じでした？」

「それより、相談事があるんじゃなかったのか？」

「そうなんですが、それより先にそちらが気になってしょうがないんです」

「ふむ、まぁいいか。あの時のことは思い出したくもないな。大岩を繋いだロープを足首に巻かれて、そのまま海に突き落とされたんだ。海底へと沈んでいく途中に念話で《死にたくなければ転移先を頭に思い描きながら魔力を込めろ！》と言われたが、一発で上手くいくわけもなくて七回くらい溺《おぼ》れた記憶があるな……」

僕は学園長の手を取って固く握手をし、そのまま強く抱きしめた。

学園長はわけもわからずにそんなことをされて驚き、「リュカ殿、なんだね！　やめたまえ！」なんて言いながら必死に引き剥がそうとする。

僕は言う。

「学園長も大変だったんですね。僕もカーディナルに鍛えられたクチです。百キロの鉄球の付いた枷を付けられた状態でいきなり海の底に転移させられて。ギガントシャークに喰われそうになった瞬間になんとか転移を成功させられたんです！」

「まさか君もカーディナル様に習っていたとは……」

「魔女カーディナルは、僕の祖母です」

僕らは強く抱き合った。

「兄弟子！」

「弟弟子よ！　お互い、生きていてよかったな！」

そして僕は自分の家系のこと、またカナイ村で育ったことを話した。

ガーライル侯爵は学園長に、僕がSランク冒険者であることや使える魔法などしか話しておらず、出自は隠していてくれたようだ。学園長は大層驚いていた。

「なるほど、色々納得した！　それにしても師匠は弟子のみならず、孫にも拷問《ごうもん》に近い修業をさせていたのか……」

「そうなんです。そのお陰でというか、せいでというか……大抵の魔法は使えるようになりました」

それをふむふむと聞いていた学園長は、ふと我に返ったような表情になり、咳払いをした。

「げふん！　この話題に関してはいつまでも話してしまうな。年甲斐もなく、はしゃぎすぎてしまった。それより本題の相談事を聞かねばならないな！」

僕も同士を見つけた喜びで、何をしにこの部屋に来たのかが頭から抜け落ちていた。

「そうですね、すみません。まず――」

僕は学園長に、シンシアとクララに潜入捜査について話して協力者になってもらいたいと説明した。当然二人の安全は僕とリッカが保証すると念押しするのも忘れない。

「なるほど、調べたところ、犠牲になった男子生徒達は、彼女達の熱狂的な信者として知られているらしい。彼女達に近付く者達を排除するついでに、魔力を吸い取っていたとも考えられる、か」

「はい。なので二人に協力を仰いで、より過激な行動を取るのが、事件を早く解決するためには一番手っ取り早い方法かなと」

「ふむ……あ、そういえば君のクラスメートで、二日前から行方不明になっている者が二名いるんだが何か知らないか？　もしかすると、犠牲者なのかもしれない」

僕は数秒考えて、思い至る。

そういえば、トイレの中に投げ込んだ生徒のことをすっかり忘れていた。

学園長に言おうと思っていたのだが、バタバタしていたから……

「忘れてた……解除！」

「解除？　何をした⁉」

僕は学園長の質問に答える。

「転入二日目に、クラスメートに呼び出されて拘束されて、シンシアとクララに対して馴れ馴れしい態度をとったという理由で殴られた挙句、剣で攻撃されそうになったんです。頭に来て闇魔法の［奈落］で球体に閉じ込めてから、トイレの便器の中に放り込んでおきました。それをすっかり忘れていて……なので、今頃――」

学園長は、手で頭を押さえて僕の話を聞いていた。

ちょうどそのタイミングで、学園長の懐に入っている通信端末が鳴った。

漏れ聞こえてくるのは『男子トイレの便器にハマった男子生徒二名が発見されたのですが、どうしましょう！』という男性教諭の慌てた声。

それから何回か頷いた後、学園長は言い放つ。

「その二名は人を殺そうとした。反省室に閉じ込めておけ！」

通信を切った学園長はジト目でこちらを見る。

「掃除中にトイレの個室から男の声がしたと、清掃員から教員に通報があったそうだ。リュカ殿、掃除も救出も大変なんだぞ。もう少し考えたまえ……」

「すみません……今は清掃の時間だったんですか？」

「あぁ、本当に偶然だが。まぁ今回は相手がリュカ殿でなければ殺されていたかもしれないほどの行きすぎた行動だった。大目に見よう」

僕が軽く頭を下げると、学園長は『この話はこれで終わりだ』と言わんばかりに一つ、大きく頷いた。

「それで、本題はなんだったか？　あまりに予想外なことが起こって頭から抜け落ちてしまった」

「シンシアとクララに協力者になってもらいたいという話です。ところで、協力してもらうに当たり、彼女たちについて知っておきたいのですが、シンシアとクララの出自を教えていただけませんか？」

「シンシア嬢とクララ嬢は、知っての通り他の大陸出身の貴族令嬢でね。魔法の適性が高く、専属の家庭教師の手に余るということで、魔法学園に入学させてほしいと両親から頼まれたんだ」

はて、これはどういうことだろう。だって……

「クララに僕の魔力を少し譲渡しただけで、魔力酔いを起こしたんだけど、そんなに素質があったのかな……」

「シンシア嬢もクララ嬢もＭＰの総量は八万近くある。平均が五万くらいだから、十分高い数値だと言えるはずだ！」

「八万って高いんですか？　僕もリッカも百万くらいありますが……」

僕は学園長にギルドカードを見せる。

学園長は頭を抱えた。

「君もリッカ殿も化け物か？　君の正体が魔王だったと言われても驚かない気がしてきた……」

投げやりな学園長の言葉だったが、僕はそこからあることを閃《ひらめ》いた。

「なるほど、それは面白い！」

「冗談で言ったんだが……え、本当に魔王だったのか⁉　さすがに違うよな？」

「まず二人を呼んできます。学園長から二人に説明した後にお話ししようと思います！」

「……わかった」

学園長は釈然としない様子だったが、さすがに僕が魔王だったらそもそも事件解決の手伝いなどしないだろうと、無理やり納得したのだろう。

僕は魔力を練る。

「転移・保健室！」


「ただい……って、どうした？」

僕が保健室に戻ると、リッカがシンシアとクララに詰め寄られて、壁際に追いやられていた。

「あ、リュカ兄ぃ！　助けて！」

「何があったの？」

「私が勇者なんじゃないかって二人にしつこく問い詰められているの！」

僕は、リッカが右手にシャンゼリオンを持っていることに気付く。

クララの治療に使って、それについての説明を求められたってところだろう。

「シャンゼリオンを見せたのか。そりゃ、そうなるよ。二人とも落ち着いて！」

そう言う僕の方を、クララとシンシアが勢いよく振り返る。

「リュカさんも魔剣を持っているって聞きました！」

「リュカ君、お願いだから見せて！」

リッカを見ると、申し訳なさそうに手刀を切っていた。

僕は溜息を吐きながら、収納魔法から魔剣アトランティカを取り出す。

鞘から刀身を抜くと、クララはうっとりとした口調で呟く。

「これが……英雄ダンが使っていたという魔剣アトランティカですか……」

シンシアも食い入るようにアトランティカを見つめている。

「伝説の聖剣と魔剣が揃っているところを見られるなんて……！」

「もう良いかな？　話を先に進めたいんだけど」

僕が言うと、二人は満足したような表情で頷く。

「あ、はい！　ありがとうございます」

「堪能したから、もう大丈夫！」

「では、僕の体に触れてくれる？　リッカも。転移・学園長室！」


学園長室に到着。

初めて転移魔法によって移動したシンシアとクララは数秒放心したように固まっていたが、学園長の姿を認めると、姿勢を正した。

そして学園長が二人に今回の事件について説明する。

話を聞き終わり、シンシアが口を開く。

「事情はわかりました。ただ、協力するに当たって条件があります」

クララも重ねて言う。

「私もシンシアと同じく……」

条件ねぇ……なんか嫌な予感がするな。

すると二人は声を揃えてその条件を言い放った。

「「私達をリュカ君（さん）の旅に同行させてください！」」

僕は恨みがましい視線をリッカに向ける。

「リッカ、巡礼旅について話したのか？」

リッカは僕と目を合わせずもごもごと言う。

「適当にはぐらかしても信じてもらえなかったから、仕方なく……」

僕は嘆息《たんそく》してから、学園長に聞く。

「学園長、これってまず彼女達のご両親に話を通さないと駄目だと思うんですけど。僕の一存で決められる話じゃないですよね？」

アリシア様を教えた時のように依頼があったのなら別だが、貴族令嬢二人を危険がつきまとう旅に同行させるのは、僕達にとってデメリットしかないように思える。

協力してもらう立場である以上、僕からは断れないが、学園長が駄目だという判断を下してくれないかな……なんて思いながら僕は彼を見た。

「それはそうだな……ただ、学園で学ぶより、リュカ殿の旅に同行した方が魔法が上達するのは確かだろう。上手く両家のご両親には話をつけておいてあげよう」

……チッ！　いらん気遣いをしてくれたな！

なんて思うが、僕はそれをおくびにも出さずに「ありがとうございます」と頭を下げた。

「ただ、同行するには二人はあまりにも未熟だから、鍛える時間を設けないと。村で一ヶ月修業させて、試験をクリアできたら連れて行くという条件はどう？」

僕の言葉に、リッカが頷く。

「確かに旅は相当危険だし、いいアイデアかもしれないね。ただ、いきなり学園を休ませて辺鄙《へんぴ》な村で修業させるなんて、親御さんからの印象が悪くなりそうだけど。試験をクリアできなかったら、それこそ一ヶ月ただ休学しただけになってしまうし」

すると、学園長が助け舟を出す。

「今回の件が片付いたら、学園はしばらくの間休校にしようと思っている。事後処理が必要だからな」

僕は聞く。

「確かに、大きな事件ですからね。どれくらいの期間休校にするんですか？」

「一ヶ月後には夏季休暇だ。それを前倒しにすれば、カリキュラムに影響は出ないだろうと考えている。だから、事件が解決してから二ヶ月程度だな」

「それなら大丈夫か。二人とも、それでもいい？　一ヶ月間、僕の地元で修業をして合格基準に達したら旅に同行できる、ということで」

「「はい！」」

二人は大きく頷いた。

どうせ、結果は目に見えている。［ファイアボール］ですら無詠唱で発動できない者が、一ヶ月修業した程度で合格ラインに達するなんてまず不可能だ。

そんなことより、今大切なのは事件を解決することだ。

そう自分を納得させていると、学園長が聞いてくる。

「それで、リュカ殿。何か考えがあるとのことだったが、説明してくれるかな？」

僕は頷く。

「僕の考えた方法、それは僕が魔王になることです」

第十一話　ハーレム魔王リュカ？（リュカは調子に乗ってます）

翌朝。始業時間の二時間前。

学園長室には僕とリッカ、シンシアとクララ、ウィズ、チエ、ガイアンが集まっていた。

僕が作戦を説明すると、ガイアンとウィズが半笑いで言う。

「魔王になる、か。また面白いことを考えたな」

「確かに貴方の実力を考えれば、魔王を名乗ったところで不思議じゃないけど」

チエが質問してくる。

「それで、私達教師陣は何をすればいいの？」

その質問に答えたのは学園長だ。

「基本的には生徒達が怪我をしないようにしてくれたまえ。歯向かおうとする馬鹿者はいないとは思うが、万が一もあり得る。あ、リュカ殿はくれぐれも学園を破壊し尽くすなよ」

「それは保証しかねますね……」

「保証してくれ!!　ここは王立の学園だぞ！　指名手配されたいのか!?」

冗談で言ったつもりだったが、こう本気で返されると信用されていないのかと思ってしまう……

内心少しショックを受ける僕を後目《しりめ》に、シンシアが手を挙げた。

「私とクララがリュカさんに常にくっついて行動するというのはわかりました。先生達の役割も。で、リッカはどうするんですか？」

クララも言う。

「妹であるリッカに助けを求める生徒がいそうなので、最初から囚われていた方がいい気がします。リッカは男子生徒から『天使だ！』と騒がれるくらいかなり人気がありますし、人気者に表立ってほしいっていう需要もあるでしょうからね」

「リッカが……天使……？」

僕は首を傾げるが、一瞬で思い直す。

見慣れているから忘れそうになるが、僕によく行き過ぎた悪戯をする性格に目を瞑《つむ》れば、リッカは容姿端麗《ようしたんれい》な美少女だ。

そして何せ外面《そとづら》がめちゃくちゃいい。納得できる話ではある。

当の本人、リッカが口を開く。

「リュカ兄ぃだけじゃ魔王を演じるのは難しいでしょ？　指示役として傍にいた方が良いと思うんだけど」

すると、学園長は真面目な口調でとんでもないことを言う。

「ならば、設定はこうだな。リュカは妹に手を出す鬼畜で、更に美女二人を手中に収めた好色魔王である、と」

「学園長……楽しんでませんか？　何もそこまでやらなくても……」

そんな僕の控えめな主張も空《むな》しく、リッカは言う。

「それでは、その設定でいきましょう。犯人がシンシアかクララに気があるなら、そんな鬼畜の手に渡るなんて我慢できないでしょうしね！」

双子の兄を『鬼畜』呼ばわりしているとは思えないほどいい笑顔だ……

「なんだか犯人以外にも、他の男子生徒からいらん恨みを買ってしまう……いや、もうそんなの今更か」

彼女達を救って惚れさせようとする奴もいるだろうし、自分のアイデアではあるものの、改めて考えると、凄く憂鬱《ゆううつ》になる作戦だった。

ただ、ここまで来たら腹を括《くく》るしかあるまい！

「わかりました！　事件の早期解決のために、僕は最低下劣な魔王を演じましょう！」

「よし、それではこの作戦通りに各自動いていこう。犯人がどういった者なのかがわからないため、臨機応変に対応してくれ」

学園長の言葉に、僕は同意する。

「そうですね。あれから何度か感知できるか試しているんですが反応はありません。クララを保健室に連れて行った際に保健室の外から気配を感じたのに、リッカとシンシア曰く誰もいなかったということでした。最初は実体のないゴーストやファントムを使役する者かとも思ったのですが――」

僕の言葉をリッカが引き継ぐ。

「もしもそうだとしたら、私が気付けるはず」

その言葉に頷いてから、続ける。

「聖女候補のリッカが気付かないほどの死霊《しりょう》だとしたら、術者はかなり腕が立つのだろう。だけど、それなら何故犠牲者の魔力だけを抜いたのかという疑問が生じる」

命を奪うのが目的ではなく魔力だけを奪う高位の死霊使い……そんな話、聞いたことがない。

呪詛の類《たぐい》だとしたら僕よりリッカの方が感知能力が高いから、彼女が気付かないとは思えないし。

「だとすると、悪魔の類か、魔王の配下の可能性があるな」

「リュカ兄ぃ、それこそ私が気付けるわよ！」

「新たな魔王が目覚めた兆候があると、冒険者ギルドから発表があったが、この学園を狙うかね？」

リッカと学園長が苦言を呈してくるが、僕がそう考えるのには根拠がある。

「魔王の配下なら上手く気配を消す方法や、僕らの知らないような魔法を使って感知を逃れる可能性があります。それに、実際魔王の配下を名乗る者がガイアンの兄が住むハサミシュ村を襲っていました。場所を選ばずにこういったことをする可能性は大いにあります」

「リュカ君は魔王の配下と接触したのか？」

「はい、ガルガンチュアという名の魔王の配下でした。さほど強くなかったので倒してしまいましたが」

僕の言葉を聞いたウィズとチエは、驚いたようにガイアンを見る。

「「それって本当なの？」」

ガイアンが「当然だ」と言わんばかりに大きく頷くと、二人は複雑な表情を浮かべた。

学園長は最早驚くことなく、呆れたような表情で言う。

「その可能性も頭に入れておこう」

それから僕とリッカ、シンシア、クララは、ウィズの先導で教室へ向かう。

シンシアとクララは僕の腕を抱く。作戦は既に始まっているのだ。

廊下ですれ違う男子生徒から向けられる殺気は半端なかったが、嫌な気配は今のところ感じない。

教室に入り、ウィズは生徒を席に着かせてから、リッカがこのクラスに変わるという話をした。

声を上げて喜ぶ男子生徒達を後目に、僕は自分の席に座る。

そして、足を広げて右の膝の上にシンシア、左の膝の上にクララ、脚の間にリッカを座らせる。

その姿を見た男子生徒達は、一瞬黙った後に殺意を込めた視線を送ってきた。

まるで、殺意だけで人が殺せるんじゃないかと思うほどに、その視線は痛い。

「あなた達！　ちゃんと席に着きなさい！」

ウィズが、打ち合わせ通りのセリフを言ってきた。

僕はそれを鼻で笑いながらこう言った。

「俺様より弱い教師風情が、命令するな！　彼女達は望んで俺様の元にいるんだ、邪魔するんじゃねぇよ、クソが！　愚民どもの普通の生活ってヤツを味わうために下手《したて》に出ていたらつけ上がりやがって……実は俺は魔王なのだ！　これからは好き勝手に振る舞わせてもらうぞ！」

なんだか口調がザッシュみたいになってしまったな……アイツの真似はしたくなかったけど、高圧的な態度を取ろうと考えたら、自然にそうなってしまった。

……早く終わらないかな？　これ。

第十二話　自称・愛の勇者……その名は、ナガネ（また変なのが出てきました）

僕はシンシアとクララを膝に乗せた状態で言い放つ。

「俺様に敵意を向けるのは構わないが、死ぬ覚悟はあるんだろうな？」

そして、［剣聖覇気］を使う。

すると、男子生徒達は地面に伏して立ち上がることができなくなる。

《リュカ兄ぃ、ここで気に入らなければかかってこいみたいなセリフと演出を！》

そんなリッカの念話に頷き、僕は更に言う。

「俺様が気に入らないのであれば、いつでもかかってこい！」

僕はシンシアとクララを一旦横にどかしてから、右手に業火の球を左手に雷の球を出現させる。

男子生徒達は、それに気圧《けお》されたのか殺気を放つことをやめ、ただ呆然としている。

そして、二つの属性の球体を握り潰して消してから、再びシンシアとクララを抱き寄せた。

ここまでやっているのに、嫌な気配は相変わらず感じないな。

僕はリッカに念話で言う。

《あの気配を感じない。つまり、別のクラスの奴ってことだよな？》
《私にはわからないけど、リュカ兄ぃがそう思うのならそうなのかも》
《それにしても……学園長は事件の後にちゃんとフォローしてくれるんだろうか？》
《犯人を捕まえてから打ち明けるって言っていたよ。それより、リュカ兄ぃはどっちだと思う？人の恨みや妬《ねた》みによる呪詛の類なのか、悪魔が加担しているか？》
《授業が終わってから、他のクラスの生徒達がいる演習場で次の作戦を実行した時にわかると思うよ。悪魔からしてみたら、自分の主である魔王を名乗る者を看過できなくて接触を図ってくるだろうし、呪詛の類なら術者は当然僕の行動が許せないだろうから》
《じゃあ、演習場であの作戦を実行するけど、シンシアとクララには許可は得ているから、もっと大胆に行動してね》

そして授業が終わり、演習場へ。クラスメイト以外はまだ僕の力を知らないので、三人の美少女をはべらせる僕に命知らずにも殺気を向けてくる。

リッカが右手の指を三本軽く握り、合図を出すと、シンシアとクララは皆に気付かれないくらいに小さく頷いた。続いてリッカは僕に念話する。

《リュカ兄ぃ……シンシアとクララの胸を服の上から軽く揉みながら、挑発めいた口調で『羨《うら》ましいのか？』って言って》

《はぁ……いよいよか。できるか……？　いや、やるしかないのか》

僕は諦めとともに、二人の胸を軽く揉んだ。

シンシアとクララは、顔を赤くして目を閉じている。

……罪悪感が半端ない。

『これは作戦だ』と自分に言い聞かせながら、僕は周りの生徒達に蔑《さげす》むような目を向けて言う。

「これは俺様だけに許された特権なんだよ！　羨ましいのか？　愚民ども」

濃密な殺気の中に嫌な気配が交じったのを感じる。

ここに、犯人がいる！

僕とリッカはアイコンタクトで合図をすると、次の行動に移ることにした。

「俺様の名はリュカ！　またの名を魔王――魔王リュカだ！」

「ひっ……」

「いや、放して！　誰か助けて‼」

シンシアとクララの声を聞き、僕は恥ずかしくて顔を伏せたい衝動に駆られる。

だが作戦を続けるためには、なんとか気分を上げてやり切るしかない。

「女どもを救いたいか？　ならば俺様……いや、我に挑むが良い！　我を倒すことができたら、この女どもを解放してやろう」

向けられる殺意が更にひりついたものになる。だが、挑んでくる者はなかなか現れない。

するとリッカは、左手の人差し指と中指と小指を折り曲げてシンシアとクララに合図を出しつつ、僕に念話で言う。
《リュカ兄ぃ、シンシアとクララの頬と首を舐《な》めて！　イヤらしいにやけ顔をしながら！》
《リッカ、それ本当に二人に許可を取っているんだよね!?》
しかし、リッカはそれに答えず食い気味に続ける。
《あ、服の中に手を入れて直に……は、リュカ兄ぃには無理か。服の上からで良いから胸を揉むのを忘れないでね！》
《リッカ……本当に許可を得ているんだよね？　その場の勢いで言ってない？》
三人はどんな打ち合わせをしたんだ……いや、やるしかないんだけどさ。
僕は覚悟を決めてリッカに言われた通りに作戦を実行した。
シンシアとクララは、泣き叫びながら助けを求める。
演技だとはわかっているんだけど、もう……取り返しのつかない犯罪行為をしているとしか思えなかった。
だが、これでも助けに入ろうとする者がいなかったので、僕はアドリブを盛り込むことにした。
「やはり若い娘は美味いな！　次は体の方を味わうとするか……」
「待て！　もう見過ごしてはおけない！」
そんな声を上げた一人を先頭に、やっと男子生徒数人が僕の前に出てきた。

周りから歓声が上がる。

その男子生徒達は、僕に向かって魔法を放つべく詠唱を唱え始める。

彼らに、僕は言う。

「良いのか？　このままでは彼女達に当たるぞ？　まぁ、お前らが魔法を放てば、この女どもを盾にすれば良いだけだから我は構わんがな！」

「くっ……なんて卑怯な！」

男子生徒の一人のそんな言葉に、僕は口角を上げてみせる。

「卑怯か……それは魔王にとっては最高の褒め言葉だ！」

ノリノリに見えるだろう？　内心はやけくそでしかない。

「だが、貴様らの勇気を称えて相手をしてやる！　かかって来い！」

このままだと動きがないので、僕はシンシアとクララとリッカを闇の鎖で縛ってから、無造作に放り投げる。

それをチャンスと思ってか、生徒達は「ファイアボール」を放って来た。

体の表面に薄い魔力の膜を張り、あえてそれを直に受ける。

視界が炎に包まれる。

「やったか!?」

「魔王と名乗っていても大したことはなかったな！」

「今のうちに女の子達を――」

口々に男子生徒は言うが、ダメージなどあるはずもない。

僕は腕を振るい、風圧で炎を弾き飛ばした。

「なんだ、この攻撃は！　ぬるい……ぬるすぎるぞ！　本物の魔法というものを見せてやろう」

生徒達を睨み、威圧しながら叫ぶ僕。

それから、一メートルほどの火球を数十個出現させた。

威力を抑えた、見た目が派手なだけの魔法である。

「馬鹿な……あの炎の数は……」

「やはり、本当の魔王なのか……」

そう口々に呟く生徒達に向けて火球を放つ。

「お前らの顔は見飽きた……死ね！」

当然直接は当てないが、足元に着弾させて派手に破裂させたので生徒達は大きく吹っ飛んだ。

爆炎が晴れると、彼らが蹲《うずくま》っているのが見えた。

「なんだ、この程度で終わりか！　つまらん！　他に我に挑む者はいないのか」

嫌な気配は相変わらず向けられているが、あまりに微弱で見分けるのは難しい。

更に演技を続けることにした。

「いないのであればここで失礼しよう！　我はこれからこの女どもを味わうのでな」

すると、生徒達を掻《か》き分けて一人の男が堂々と名乗りを上げた。

「姫達よ！　わたくしは必ずこの魔王を討ち取り、貴女達を救って御覧に入れます！　この愛の勇者・ナガネ・ギィ・ディクソンが！」

遠巻きにしていた生徒達から大きな歓声が上がった。

こいつは、学園でも有名な人なのかな？　っていうか愛の勇者とか普通自分で名乗るか？

そんなことを考えながらも、僕は口を開く。

「ふっ、勇者か！　魔王の敵には相応しい。相手になろう、愛の勇者ナガネギよ！」

「ナガネだ！　名を間違えるな！」

どう考えても長ネギを連想してしまうようなふざけた名前だな。

……っていうか、あれ？　ディクソン？

コイツの実家って、農業で財を成した貴族のディクソン家か！

『色々な地域の野菜を食べてきたけど、ディクソン家のが一番美味しい』って母さんが言っていたから覚えている。

カナイ村でも野菜を育ててはいるが、ディクソン家の野菜に比べると若干質が落ちるんだよね。

こんな形の出会いでなければ、是非野菜の育成方法を聞きたいところなんだが……

そんな風に考えていると、ナガネが怒鳴る。

「何を黙っているんだ、魔王！」

「いや、なんでもない。貴様の強さを証明して見せよ！　野菜貴族の勇者、ナガネギよ！」

「ナガネだって言っているだろうが！　っていうか、何故うちの家のことを知っている⁉」

「貴様の家の野菜は我も食したことがあるからな……大変美味で毎月大量に購入している」

「お、お得意様だったのか……それは毎度ありがとうございます――って、違うわ！」

「忙しいな、勇者ナガネギよ？」

「ナ・ガ・ネだって言っているだろうが‼」

地団駄《じだんだ》を踏むナガネに、僕は面白くなってきてしまう。

「良いじゃないか、野菜貴族らしい野菜愛に溢《あふ》れた名前だぞ……ナガネギは！　ぶふっ！」

「クソォ……この名前のせいで子供の頃から馬鹿にされて育ってきたのだ！　それを……許さんぞ、魔王！」

ナガネは炎を出現させ、その中から真っ赤な剣を取り出した。

「焼けたネギか？」

僕が首を傾げながら聞くと、ナガネは顔を真っ赤にする。

「違うわ！　魔剣だ！　我が魔剣グリルリーキで貴様を討つ‼」

「ナガネギの武器だから、てっきりネギかと思っていたのだが……って、リーキって確かネギの一種じゃなかったっけ？　で、グリルが焼くだから……結局焼きネギじゃん！」

「いい加減ネギから離れろよ！」

「仕方ないなぁ……我はこれで相手をしてやろう」

僕は闇属性の魔力で覆った収納魔法から、魔剣アトランティカを取り出す。

相手には闇の中から剣が出てきたようにしか見えないだろう。

「魔剣アトランティカで相手をしよう。さぁ、来い！」

「あ……アトランティカだと⁉　いや、ハッタリに違いない」

そう自分に言い聞かせるように結論付けながら、ナガネは炎を刀身に纏わせて構えた。

「行くぞ、魔王！」

「来い、ネギ勇者よ」

斬り掛かってくるナガネ。

僕はその一撃を、思い切り弾き飛ばす。

すると、魔剣グリルリーキの刀身は折れて、地面に突き刺さった。

「馬鹿な……我が魔剣が……」

「で、戦意を失ったか？　野菜愛の勇者よ」

ナガネは僕に言い返すこともできず、地面に伏してしまった。

先ほどまで歓声を上げていた生徒達も、だんまりだ。

だが、相変わらず嫌な気配だけはこちらに向いている。

「これでもう、逆らおうとする愚かな者はいないいな？　では、女どもを味わうとしよう」

僕はそう言って、シンシアとクララとリッカにかけた闇の鎖を解く。

そしてクララを抱き寄せ、泣いて嫌がる（演技をしている）クララの首元に顔を近付けた。

すると——

「やめろ、その人から手を放せ！」

小柄な少年が現れた。嫌な気配は、どうやらこの少年から発せられているようだ。

第十三話　謎の少年（どうも訳ありみたいですが……？）

視線は少年に向けたまま、僕はリッカに念話する。
《この少年から、異なる三つの気配を感じる》
《私はあまりわからないけれど……一つはこの子のものだとして、残り二つは何かしら？》
考えていてもわからない。揺さぶってみるか。
「やめろ、だと？　魔王によくもそのような口が利けたものだな！　小僧よ!!」
少年の気配がよりいっそう禍々《まがまが》しくなる。
『魔王を名乗るとは、人間の癖《くせ》になんて烏滸《おこ》がましい』
およそ少年から発せられたとは思えない、地の底から響くような声。

僕は聞く。

「お前は小僧ではないな？　何者だ」

『オレは四の魔王様の配下、悪魔将軍ガルガンチュア様に仕えるデリガスジョアだ！』

「え？　ガルガンチュア？　黒い骸骨《がいこつ》に赤黒い鎧を身に着けたアイツか？」

あまりにも驚きすぎて、普通に聞き返してしまった。だってガルガンチュアってアイツだろ？　僕が「ターンアンデッド」だけで倒せてしまったあの弱い奴だよな？　それより更に下の位って……

ともかく、犯人を炙り出せたなら魔王の演技をする必要はない。これからは普通に話そう。

そう考えていると、デリガスジョアは感心したように言う。

『ほほぉ、貴様でもあの方の存在を知っておるとはな』

「何せ、ガルガンチュアは僕が倒したからね。凄く弱い奴だったから覚えている。アイツの配下だってことは、お前も大して強くはないんだろうね」

『ガルガンチュア様を倒しただと⁉　人間風情がふざけたことを抜かすな！』

「だって本当なんだもの。っていうか四の魔王って言った？　ねぇ、魔王って何人いるの？」

『オレを倒せたら教えてやろう。まぁ、無理だろうがな！　オレは人間どもの魔力を蓄えて以前よりも強大に――』

「なんだ、この少年じゃなくて、彼に憑《と》りついていたお前が犯人だったのか。いや、そんなことより倒してしまったら、魔王についての情報が得られないだろ！　さっさと話せ！」

『大した自信だな……良いだろう、まずはオレがこの人間に憑りついている理由から――』

「前置きが長《なげ》ぇ！　［ターンアンデッド］！」

『ギャァァァァァァァァ!!』

デリガスジョアは、苦しそうにもがく。

ガルガンチュアの配下というだけあって、叫び声も似ていて面白いな。

「さっさと言え！　お前の話を最後まで聞くほど暇じゃない！」

僕がそこまで言うと、ようやくデリガスジョアは聞いていたことに対する答えをくれる。

『話を最後まで聞かぬ奴だな……まぁ良い。魔王様は全部で七名存在する』

「七人もいるのか……相手するの面倒そうだなぁ」

『貴様は魔王様全員を倒すつもりでいるのか？　魔王様達の力は強大だ！　かつての魔王サズンデスをも遥かに凌《しの》ぐほどだぞ！』

僕はそんなデリガスジョアの言葉に嘆息する。

「いやいや嘘でしょ。配下のガルガンチュアがあの程度なら、魔王も大したことないんじゃないの？」

『貴様、我が主を――』

デリガスジョアが声を荒らげながら攻撃のモーションに入ったので、僕は奴に向かって右手を向ける。

「［ターンアンデッド］！」

『ギャアアアアアアアア！！！』

またこれかよ。ガルガンチュアと戦った時もこんな感じだったな……なんて思っていたのだが、デリガスジョアはもう疲弊《ひへい》している。

『貴様……話の途中で攻撃を仕掛けるとは卑怯な！』

「だって、お前の上司と一緒で話が長そうなんだもん。最後に聞かせてほしいんだけど、お前を倒せば被害者の生徒達は元に戻るのか？」

『オレがこの体に宿っている限り、たかが［ターンアンデッド］ごときに負けることはな——』

「［セイクリッド・ターンアンデッド］！」

『ギャアアアアアアアアオォオォオォオォ！！！』

こうして、デリガスジョアは消え去った。

そして少年の体から光の玉が無数に浮かび上がり、それぞれ別の方向に飛んでいった。

奪った魔力が犠牲者の元に戻っていったのだろうか。

これで事件は解決……していなかった。

「あれ？　ボクは一体何を……？」

少年が目を覚ました。

少年は体をさすりながら駆け寄ってきた――ところを僕は風魔法で吹き飛ばす。

「リュカさん!? 襲ってきたのはこの子じゃなくて、彼に憑りついていた魔王の配下ですよ!?」

「リュカ君、魔王の配下は倒したんでしょ？」

クララとシンシアが驚いたように言うので、僕は説明する。

「確かに倒したけど、彼からはまだ二人分の気配を感じるんだ」

すると案の定、少年の口調がまた変化した。

『デリガスジョアは逝《い》ったか。威張っていた割に大したことはなかったな』

落ち着いたイケオジといった感じの声で喋る少年に、僕は先手を取るべく右手を突き出す。

「［ターンアンデッド］！」

しかし、少年は不敵な笑みを浮かべて言う。

『俺にはその魔法は効かん！　俺は死霊ではないからな』

「ならお前は何者だ？」

『俺の名はズゴッド。宿主であるこいつ――スコットのもう一つの人格だ』

少年――もといズゴッドに、僕は聞く。

「なるほど、それならターンアンデッドが効かないのは納得だけど、お前は何しに現れたんだ？」

『俺は貴様に用事があるわけではない！　そこの二人、シンシアとクララに用事があるのだ！』

「ズゴッド……ここから先はボクが話す！　交代して！」

急に、穏やかな口調になったということは……スコットの人格に変わったということか。

彼は二人に駆け寄ろうとしたが、僕が前に立ち塞がる。

「邪魔しないでよ！　ボクはシンシアとクララとの久々の再会を――」

僕は闇魔法の［闇鎖《あんさ》］で、そう喚くスコットを簀巻《すま》きにした。

そしてシンシアとクララに尋ねる。

「このスコットって子、知り合い？」

「いや、知らないわ！」

「私も記憶にありません」

首を横に振って否定する二人からスコットに向き直って、僕は苦笑しながら問う。

「こう二人は言っているけど、どういうことかな？」

「シンシア！　クララ！　ボクだよ！　十年前に会ったきりだけど、ボクを忘れてしまったのかい!?」

スコットは闇鎖に縛られたままもぞもぞと動き、どうにか立ち上がって必死にアピールするが、当の二人はピンと来ていないご様子。

ここは僕が間に入るしかないか。

「君は十年前までは、何度も二人と会っていたの？」

「いや、十年前に一度会ったきりだけど……でも！　あの感動的な出会いを忘れてしまったの？」

スコットはそれから『感動的な出会い』について話し出す。

「ボクが初めて君達を見た時、二人の妖精が語り合っているのかと思ったんだ。なんとか勇気を出して声をかけて、僕達は一緒に遊んだんだ」

詩的というかなんというか……でも、これってただ一度一緒に遊んだだけだよな。

「普通、十年前に一度だけしか遊んでいない相手のことなんて覚えていないでしょ。感動的だっていうのも君が勝手にそう思っているだけかもしれないし」

僕がそう言いながらクララに視線を向けると、彼女は体の前に手で大きなバッテンを作った。

「全く記憶にありません！」

それを見たシンシアが、困ったように笑う。

「十年前といえば、舞踏会の時かな？　あの時は色々な会場で数えきれないほどの人に会っているから、誰が誰かは覚えていないかな……」

それを聞いて、スコットは膝から崩れ落ちた。

さすがに気の毒だと思い、闇鎖を解いてあげたら地面に手をついた。

なんだかコントを見ているみたいだ。

おおっといけない、あまりにも馬鹿馬鹿しくて、事件のことを忘れそうになっていた。

僕はスコットに尋ねる。

「ところで、生徒の魔力を奪って昏睡状態にした理由を聞いてもいいかな？」

「奴らは愛《いと》しのクララとシンシアに近付こうと画策していたから、お灸《きゅう》を据えただけさ！」

「じゃあ、この計画を発案したのはスコットなの？」

「そうだ！　だけどボクの魔力では心許《こころもと》ないから、ズゴッドに相談したら悪魔を召喚して……だから、犯人はデリガスジョアであってボクではない！」

あまりにも馬鹿らしい理屈に頭を押さえ、溜息を吐いた。

僕は再びスコットを闇鎖で縛ってから、学園長に連絡して、学園内の風紀を守る機関である魔法風紀委員に彼を引き渡した。

「ボクの愛しき妖精達にあんな真似をしたお前をボクは決して許さない！　いつか復讐してやる！」

連行されながら、スコットは僕に向かってそう叫んでいた。

「君がそこから出られたらいつでも相手をしてやるよ！　それまでは、彼女達は僕に任せろ！」

まぁこう言っておけば彼の恨みは僕一人に向くだろう。で、そうなったとしても僕は負けないし。


なんとも呆気《あっけ》なく、騒動は終わった。

その後、学園の全生徒を集め、学園長は今回の騒動の顛末《てんまつ》を話してくれた。

僕に向けられた怒りと疑いはこれで晴れた……と、そう思いたいところだ。

また、その後、愛の勇者を名乗っていたナガネの魔剣を錬金術と魔導錬成で再生してあげた。それをきっかけにナガネと親しくなり、野菜の栽培方法を教えてもらえた。

こうして騒動は一件落着したのだが、帰宅の準備をしながらよくよく思い返すと、腑《ふ》に落ちない点があることに気付く。

「人間の召喚で、悪魔を呼び出せるものなのか？　それも魔王軍に属している悪魔を。それにしても別人格が本人以上の魔力を持つなんて初めて聞くケースだな」

人格……あ、そういえば「人格を変える魔導書」なんてワードをどこかで聞いた気がするぞ。道中で泊めてくれたルークス子爵の息子の……マリウスだったっけ？　彼ともついぞ会うことはなかったな。まぁ、事件に関与していないならそれに越したことはないけど。

「ま、僕が考えることでもないか。事件は解決したことだし！」

僕はとりあえず依頼達成を喜び、帰路に就《つ》くのだった。

◆　◆　◆　◆

魔法学園のとある部屋にて。

不気味な本を懐に抱えた七人が、円卓を囲んでいた。

「デリガスジョア、だったか。せっかく苦労して魔王の配下を呼び出させたのに、大したことはなかったな」

そう低い声で切り出した男に、別の男が溜息を吐いて答える。

「否、あれを容易《たやす》く打ち破ったリュカという少年が大したものだったという方が、事実に即していると言えるだろう」

「我らの思想の実現のためには、あの者は大きな障害となるだろう。対策を考えねばな」

最後に、マリウスがそう締めた。

円卓を囲みしは、それぞれ七つの罪の名を冠する者達。

学園の裏に巣食う闇は、静かに、しかし確かに学園を覆うべく画策していた。

第十四話　その後の報告（腑に落ちないこともあります）

後日、学園長に呼び出された僕——リュカとリッカ、シンシアとクララは学園長室に向かった。

学園長室に入ると、そこには学園長以外にも既にウィズとチエがいた。

僕達が席につくと、学園長が口を開く。

「リュカ殿、見事に依頼達成だ。大変感謝している！」

僕は頬を掻きながら言う。

「この程度の事態なら、学園長だけでも十分に解決できたと思いますが……」

「犯人を捜すところまでなら、時間は掛かるかもしれないが、不可能ではなかっただろう。ただ、魔王の配下を相手にするのは不可能だ」

「魔王の配下？　あぁ……デリガスジョアですか。口だけで、大したことなかったですけどね」

「いや……学園長室から［遠視《とおみ》］の魔法で見ていたが、魔力量は魔王の配下というだけあって、相当なものだったぞ。私では勝てなかっただろう」

そんなもんかな？　とは思うが、この話を続けたところで意味がないので、僕は話題を変えることにした。

「ところで、スコットはどうなりましたか？」

「それなんだが――」

学園長曰く、スコットに今回の行いの責任は問えなかったそうだ。

スコットが魔法学園に入学してからしばらくして、彼の家が経営不振により取り潰され、貴族ではなくなってしまったのだそう。平民として生活している家に責任を取らせるというのは、実質『破産して死ね』と言っているのと同義なので、今回は不問にしたいという学園長の意向らしい。

「では、ズゴッドに関してはどうですか？」

僕の質問に、学園長が答える。

「彼のもう一つの人格のことかな？　実家ではそんな喋り方をしているところを見たことなどないと言われたよ。あの人格は恐らく、学園に来てから発現したのではないかと考えている」

「そうですか……あ、僕を殺害しようとした二人の生徒はどうなりましたか？」

「彼らは学園から追放された上に殺人未遂の罪に問われ、更生施設に五年間収容されることになった」

「それに関しては自業自得ですし、まぁそうなるでしょうね」

「あぁ。他に何か聞きたいことはあるかな？」

あと気になるのは……

「冒険者ギルドにも、魔王は七人存在するという情報を早めに伝えた方が良いでしょうか？」

「そうだな……いや、私から報告しておこう。聖竜国グランディオンの冒険者ギルド長は私の友人だからね」

「ありがとうございます。助かります」

よし、これで終わりだよね？

いや、そういえば僕達のそもそもの目的って不浄な地を探すことだったはずだ。

望み薄ではあるが、聞くだけならタダだし、聞いてみるか。

「すみません、最後にもう一つだけ。この魔法学園に不浄な地があると踏んで今回の依頼を受けたのですが、そういった場所に心当たりはありませんか？」

「不浄な地……ああ！　この学園から北東に行った場所に、トリア村という村があって、そこの山に穢れた土地があると聞いたことがあるぞ」

「トリア村という名前に聞き覚えはあるけど、どこで聞いたんだろ」

「トリア村って、英雄ダンが修業の旅の途中、生贄《いけにえ》になっていた少女を救った場所だよね？」

頭を悩ませる僕に、リッカがそう教えてくれた。

英雄ダンの冒険譚は全て覚えていたはずなのに、ど忘れしてしまっていた。

あ、それより先に学園長に礼を言わねば。

「情報提供、ありがとうございます」

そしてリッカの方に向き直る。

「なら、ガーライル侯爵に報告する前にその村を浄化しよう。せっかくなら、シンシアとクララに巡礼旅がどういうものか見てもらいたいし。その後に二人をカナイ村に連れて行けば良いかな？」

「そうね、それがいいと思うわ！」

リッカが頷いてくれたので、僕は全員に聞こえるように言う。

「そうと決まったら、早速出発の準備を始めよう！　シンシアとクララの荷物はリッカの収納魔法で保管してもらってもいいかな？　さすがに女子の荷物を僕が持つのは問題だろうし」

「わかった。じゃあ二人とも、部屋に案内して！」

リッカはシンシアとクララに連れられて学園長室を後にした。

僕の荷物はほぼ収納魔法の中だし、三人が帰ってきたら出発しよう！

学園長とウィズ、チエにも別れの挨拶をした。

そうして学園長室から出ようとする僕を学園長は呼び止めた。

「リュカ君、何か忘れていないかい？」

「何かあれば、ここに転移ができますので……とりあえず、三人が来たら出ますね！」

学園長だけでなく、ウィズとチエもなぜか唖然とした表情だ。

僕は首を傾げながら学園長室を後にした。三人と合流すると、大きな門を潜って外に出た。

シンシアとクララは魔法学園に深々とお辞儀をしている。その横顔は決意に満ちているようだ。

「じゃあ、トリア村に出発だ！」

僕が言うと、他の三人は右手を突き上げた。

「「「おー！」」」

こうして北東にあるトリア村を目指して歩き出し――そこで、ようやく学園長の言葉の意味を理解した。

「あ、ガイアン忘れてきた」

僕達はガイアンを迎えに魔法学園の中に戻ることにしたのだった。

第十五話　神童と呼ばれた男（という馬鹿です）

リッカとシンシアとクララを門の前で待たせて、僕は再度学園に足を踏み入れた。

「そういえば、ガイアンが受け持った授業って気功術だったっけ？　どんな授業をしているんだろう」

演習場で授業をしているものだと思って見てみたが、いない。

第二演習場、第三演習場にもおらず、第四演習場の方へ行くと、ガイアンの声が聞こえてくる。

中を覗くと、異様な光景が広がっていた。

ガイアンは上半身裸で、ボディービルダーさながらにポージングしている。

それだけでもおかしいのに、百人近くいる生徒達も男子は上半身裸で、女子はビキニ姿なのだ。

「気功術の基本は、筋肉との対話から始まる！」

そんなガイアンの言葉に、生徒達は声を揃えて答える。

「「「「「押忍《おす》！」」」」」

「筋肉を震わせろ！」

「「「「「押忍！」」」」」

「筋肉の旋律《せんりつ》を聞け！」

「「「「「押忍！」」」」」

「筋肉を奏でるんだ！」

「「「「「押忍！」」」」」

そしてガイアンは、更に筋肉を膨張させ、様々なポージングを決めていく。

「筋肉は正義！　筋肉は親友！　筋肉は……恋人だぁぁぁ！！！」

「「「「うぉぉぉぉぉ！　先生！！！」」」」

生徒達もガイアンに続くように同じポーズを決めていった。

この演習場にだけ、暑苦しい熱気が立ち込めている。

なんだかこれを見ていると、ガイアンを置いて行っても良いのではないかと思えてくる。

どうしようか悩んでいると、ガイアンが僕を見つけて声をかけてきた。

「どうしたリュカ、出発するのか？」

「そのつもりなんだけど……もしもガイアンがここに残りたければ、残っても良いよ？」

「その必要はない！　生徒達に教えるべきことは全て教えた！」

ガイアンはそう言い、生徒達を集めると、出発する旨を告げた。

生徒達は、涙を流しながらガイアンの胸に飛び込んでいく。

ガイアンは、全ての生徒達を受け止め、抱きしめながら言った。

「安心しろお前達、俺はまた戻ってくる！　その時は、筋肉の声で語り合おう！　では、再び会うまでしばしの別れだ！」

「「「「押忍！　ありがとうございました‼」」」」

最後まで暑苦しい授業だった……っていうか、筋肉の声って何？　そういえばかー祖父ちゃんが、口が利けなくなっても筋肉同士で会話できると、わけのわからないことを言っていたけど……いや、

もう考えるのはやめよう。


ガイアンが冒険者服に着替えるのを待って、僕達は学園の入り口に向かう。

その間にこれからの予定について伝えた。

ちなみにガイアンは少し汗臭かったので、距離をとって歩いた。

「みんな、お待たせ！」

僕が右手を上げながら近付いていくと、リッカが元気に返してくれる。

「リュカ兄ぃ、おかえり！　ガイアンもね！」

「おぅ！　それで、これからトリア村に行くと聞いたのだが……」

そう言うガイアンに対して、僕は人差し指を立てる。

「その前に、道中にあるサーテイルの港街で色々食材を揃えようかと思っているんだ」

「食料なら、その辺で獲れるだろ？　動物とか、キノコとか」

そんなガイアンに僕は素敵な提案をする。

「たまには漁港で海鮮料理を堪能したいなって思っているんだけど、どう？」

「それは楽しみだな！」

そんな話をしていると、紋章からシドラが飛び出してきた。

『あるじ！　ずっと退屈だったんだョ！』

「ごめんごめん、シドラが可愛いせいでまた面倒ごとに巻き込まれたら良くないかなって思ってさ」

そんな風に久々にシドラと戯《たわむ》れていると、シンシアとクララがキラキラした目をこちらに向けてくる。

彼女達にシドラについて説明しながら、僕達はサーテイルの港街に向かって街道を歩くのであった。ちなみにしばらくシドラはシンシアとクララにじゃれつかれていたが、まんざらでもなさそうだった。

◆　◆　◆　◆

「俺が冒険者登録したら、いきなりAランク……いやSランクに認定されてしまうんじゃないか?」

そう呟きながら歩く彼の名は、ゴーダ。

村では神童と呼ばれていた彼の夢は、いつか魔王を討伐して英雄となること。

そのために冒険者ギルドのある、聖竜国グランディオンを目指している。

ちなみに、冒険者ランクは誰であろうとFランクからスタートなのだが、無知な彼はそれを知らない。

なおもゴーダは独り言を呟き続ける。

「魔王討伐には、仲間が必要だ。チームに加入して実力を上げていってもいいが、俺の実力なら自分でチームを作る方が手っ取り早いか」

チームを作れるのはEランク以上の冒険者で、自分以外に三人のメンバーを集める必要があることも、当然ゴーダは知らない。

「俺のチームに男はいらねぇ！　女だ！　女に囲まれて冒険をして、夜は……ふはは！」

そう呟いている彼の前を、冒険者のチームが通りかかる。

（ガタイの良い男と、女みたいな顔をした男に……女が三人！　しかも、俺好みの女ばっかかじゃねーか！　冒険者は実力が全てだと聞いた。戦いを挑んで叩きのめし、彼女達を奪う！）

そう決めて、ゴーダはそのチームの前に立ち塞がる。

◇　◇　◇　◇

僕、リュカの前に何故か男が一人立ち塞がっている。

男は言う。

「このチームのリーダーよ、俺と戦え！　俺が勝ったら彼女達をもらう！　ふはは！　敗北する前に教えてやる。俺の名はゴーダ！　神童と呼ばれた男だ!!」

「リーダーは僕だけど、遠慮する」

そう告げてゴーダを避けるように斜めに進もうとすると、彼は回り込んで来た。

「雑魚冒険者は、勝負を受けないんだな！」

「その程度の挑発で勝負を受けるほど、子供ではないよ」

僕の言葉を聞いたゴーダは、剣を抜く。

「俺に勝てそうもないからって逃げるなよ！　女々《めめ》しいな、お前！」

「あいつ……死にたいのか？」

「リュカ兄ぃもよく耐えてるね。でも、そろそろ限界かな？」

ガイアンとリッカが後ろでそう話しているのが聞こえる。

それを聞いて、シンシアとクララが不思議そうな声を上げる。

「どうしたの？　リュカ君に何かあるの？」

「なんだか、空気がピリピリしてきたんですけど、どういうことでしょうか？」

まだ冷静だ。そうだ、仲間の声が聞こえている。キレないようにしなきゃ……

そう自分に言い聞かせている僕の地雷を、ゴーダはいとも容易く踏み抜く。

「お前を倒したら女達はもらってやるよ！　お前はそこで俺に負けて女みたいにメソメソと泣いていろ、この男女が！」

ゴーダは僕に対してニヤけた顔をしながら、挑発的に剣をゆらゆらと揺らして差し向けて来た。

僕の理性が崩壊する音が聞こえた。

僕はゴーダの剣を裏拳で破壊した後に頭を掴んで地面に叩き付ける。

「闇魔法・［奈落］！」

あれ？　ブチ切れ過ぎたせいか、意識が飛んでいるな……

気付けば僕はゴーダに、学園で僕を殺そうとした二人に使ったのと同じ魔法を発動していた。

今、ゴーダは小さい球体に閉じ込められている。

まぁいい。こいつは相当調子に乗っていたんだ。記憶がない時の僕がどんなお仕置きをしていたのかはわからないが、もう少し懲《こ》らしめてやろう。

僕は近くの川に球体を放り投げる。

「今のはどういう魔法なんだ？」

ガイアンの質問に、僕は答える。

「闇の球体の中に相手を閉じ込める魔法さ。ちなみに球体内部で流れる時間の速さも調節できる。今回は現実世界での一日が、球体の中の一年になるようにした。一週間程度で解除される設定にしたから、七年間出られない反省部屋みたいなもんだね」

「だが、この川は少し行くと海に出るぞ。球体から解放されたら海という可能性もあるんじゃないか？」

「何か問題があるの？」

僕の言葉を聞いて、ガイアンは少しばかり考えて………頷いた。

「全くもって問題なし！　アイツにはいい薬だろう」

こうして僕らは、サーテイルの港街を目指して再び歩き始めた。

第十六話　漁港での自由時間（久々の街で羽目を外す？）

サーテイルの港街に着いた。

今回は到着の少し前にシドラを紋章に戻した。

バストゥーグレシア大陸は、この世界で一番大きな大陸である。

そこにある聖竜国グランディオンもまた、世界一の大国だ。

その大国にあるサーテイルの港街は、各国の貿易の玄関口となっており、街と名が付いているが、そこらの小国と肩を並べるほどに発展しているのである。

僕はそんな立派な街並みを眺めながら、皆に言う。

「さて、とりあえず、今日は街で一番高級なホテルロマーヌに泊まろうか。その予約をしてから適当に街の食堂に入ろうと思うけど、どうだろう？」

　すると、ガイアンが心配そうな顔をした。

「そんな高級なホテルに宿泊して、金は平気なのか？」

「あぁ、Ｓランク冒険者は、公共施設の料金は免除されるんだよ。ガイアンはまだＡランクだから知らなくとも無理はない。他にも色々な特典があるんだけど……例えば侯爵を名乗れるようになるから、貴族しか利用できない施設も利用できるようになるんだ」

「でもリュカ兄ぃ、私達はチームじゃないから、私とリュカ兄ぃ以外は自腹を切ることにならないかな？」

　そんなリッカの疑問に答えたのは、シンシアだった。

「あ、その点なら大丈夫。私とクララは家に請求が行くから問題ないよ」

「なるほどね！　じゃあガイアンだけ安宿で……なんて冗談だよ。仕方ない、今回は僕が宿代を出してあげるよ」

　そんな僕の言葉に、ガイアンはしみじみと「俺も早くＳランクにならないとな……」なんて呟いたのだった。

　Ｓランクの資格は、レベルを１００以上にした上で、Ｓランク以上の冒険者四人の許可があって初めて認められる。ガイアンはレベル１５０程度ではあるが、まだ実力が足りていないとのことで、僕の祖父母達から許可が下りず未だにＡランクというわけだ。

　それから僕らはホテルの予約を取り、ともに昼食をとった。

適当なところに入ったのだが、家庭的な味付けではあるものの、どの料理も使われている魚介が新鮮で大満足だった。

あらかた皿が空いたのを見て、僕は皆に言う。

「では、明日の出発までは自由行動にしよう。ただ、せっかくだし夜はホテルのレストランで皆で食事をとろうか。じゃあまた夜に落ち合おう！」

「俺はこの街の闘技場に行ってくるぜ！　資金稼ぎ目的でもあるが、強い奴と戦ってみたい！」

そう言って早々に店を後にしたガイアンを見送り、リッカはシンシアとクララに言う。

「私達は観光しよっか！　色々なお店があるから、珍しい物が手に入るかもしれないし！」

「いいね！」

「賛成です！」

僕はそんな中、リッカをジト目で見る。

「観光するのはいいけど、くれぐれも羽目を外すなよ。特にリッカ！」

「なんで私だけ名指し？」

「リッカの金遣いの荒さは、家族からよく注意されていたからね。シンシア、クララ、リッカのお守《も》りをよろしく！」

僕の言葉に二人は頷いた。

それじゃあ僕もそろそろ店を出るか、と立ち上がったタイミングでクララに呼び止められる。

「リュカさんはどこに行くんですか？」

「僕は買い出しだよ。当面の食料と、調味料を買いたくて」

「一緒に街を回れるかもしれないと思っていたのに……」

クララは肩を落としながらそう口にした。

僕は手刀を切って謝る。

「ごめんね、結構時間がかかりそうだから一緒に観光するのは難しいと思う。ナンパとかの類には注意してね」


こうしてみんなと別れて、僕はいくつかの鮮魚店を回りながら値段を確認した。

店によっては安く手に入る場合もあるからだ。

別に金がないわけではないのだが、節約できるなら、するに越したことはないからね。

もしかして……ケチくさい？

僕も観光をしたかったけど……また今度来た時でいいか。

◆　◆　◆　◆

一方、闘技場にて。

『ルーキー拳闘士《けんとうし》のガイアン、九連勝だ！　次の勝利で十連勝！　挑戦しますか？　それとも賞金を持ち帰りますか？』

そんな司会者の声に、ガイアンは答える。

「もちろん挑戦する！　もっと俺を楽しませろ!!」

『まだまだ余裕なガイアン！　さて、そんな彼の次の対戦相手は――オルメリアの拳闘士・グレッグだぁ～！』

「ルーキーよ！　お前の連勝をここで止めてやるぜ！」

グレッグはそう言いながら上半身の服を脱ぐと、盛り上がった筋肉をガイアンに見せつけて挑発した。

それに対して、ガイアンも上半身の服を脱いで筋肉をアピールした。

グレッグの筋肉が語る。

『ビクビクムキムキビクムキピシ！』（訳・お前の肉体は素晴らしいな！　戦うのが楽しみだ！）

ガイアンの筋肉がそれに応える。

『ムキムキビクビクムキビシムキビシ！』（訳・貴様もな！　戦いが終わったら語り合いたいものだ！）

そして、マッチョ同士の激しいバトルが始まった！

その戦いは、後にマッチョ系戦士の歴史に残るほどの戦いになる。

◆　◆　◆　◆

サーテイルの港街は眠らない街、あるいは不夜城《ふやじょう》とも呼ばれる。

貿易船は明るい時間にだけ動いているわけではない。昼夜問わず物や人の出入りがあるのだ。

そのため、いつだって稼ぎ時。港のほとんどの店は昼夜問わず開いている。もちろん娯楽施設だって充実している。

とはいえ、今はまだ夕方。

そんな時間帯にリッカ達女子三人組がどこにいるかというと――カジノだった。

「やったー！　また私の勝ち～！」

リッカは、ポーカーで十三連勝中。

チップの山がいくつも形成されている。

「リッカ、そろそろやめにしようよ！」

「そうよ！　これを換金しましょう！」

そうシンシアとクララが言うが、聞く耳を持つリッカではない。

「もっともっと増やせるわよ！」

カジノでは、わざとある程度勝たせて気分を大きくさせて金を注ぎ込ませ、調子に乗ってきたところでじわじわと負かして、回収するという常套手段《じょうとうしゅだん》がある。

シンシアとクララは貴族の教養としてそういった知識を得ているために、リッカに忠告しているのだが、リッカの金への執着がすさまじく、止め切れていないのだ。

リュカが別れ際に言っていた「リッカの金遣いの荒さは、家族からよく注意されていたからね」という言葉の意味を実感するシンシアとクララ。

それを後目にリッカがまたしても快哉《かいさい》を叫ぶ。

「やったわ！　十四連勝！」

すると、ディーラーの男が挑発めいた笑みを浮かべて言う。

「お嬢ちゃん、勝ち逃げはしないよな？」

「もちろんよ！　受けて立つわ！」

そう胸を張って言うリッカを見て、奥の方にいるカジノ店員がこそこそと話し始めた。

そこで、シンシアとクララはふと気付く。

本来初心者に対しては十連勝近くさせた後に一度敗北させて、次の勝負に挑ませるというのが定石。しかし、リッカは十四連勝もしているのだ。勝ちすぎなのである。

「やったわ！　十五連勝！」

「どうなってる……？　本当に強運の持ち主なのか？」

ディーラーが思わずそう呟くのが、シンシアとクララの耳に届いた。

すると、奥から老人のディーラーが現れる。

今までのディーラーに替わり、老人がテーブルにつく。

「お嬢様、私と勝負をしていただけませんかな？」

しかし、リッカは首を縦に振らなかった。

「お断りいたします。じゃあ二人とも、これを換金しましょう！」

その言葉に、安堵の息を漏らすシンシアとクララ。

立ち去ろうとするリッカを、老人ディーラーは呼び止めようとしたが、彼女は一礼してその場を去る。

そして換金所に行って、チップを全て渡した。

「何故最後の勝負を断ったの？　あんなに連勝していたのに」

不思議そうに問うシンシアに対して、リッカはこともなげに言う。

「私とリュカ兄ぃは魔法以外に複数のスキルを持っているの。私は強運と鑑定と警告音」

「どういう……スキルなの？」

「強運はどんな場所でも強い運を発揮できて、鑑定を使えば人や物の本質を看破できる。あの人が凄腕だっていうのがわかったのはこの鑑定のお陰ね。ちなみに警告音は危険を知らせるスキルで、あの老人ディーラーが近付いてきてから私の頭の中でそのスキルの音が鳴り響いていたわ」

そんな説明が終わったタイミングで換金も完了し、三人は大量の資金を得た。

リッカは大きく膨らんだ布袋を見て、二人に言う。

「これで好きな物を買ってあげるわよ！　どこに行く？」

「しょうがないなぁ……アクセサリーショップを見に行く？」

「リッカ、貴女って人は……」

なんて言いながらも、ショッピング好きのシンシアとクララの口角は上がっている。

結局この後、三人は稼いだ金をアクセサリーショップで使ってしまい、リッカはそれどころか旅の資金にと村の住民が寄付してくれた金にまで手を付けたのだった。

◇　◇　◇　◇

「くっ、どこにも売っていない……」

僕、リュカは海産物の購入をほとんど終えていた。もちろん相場より安く購入している。

ところが、トコブシェーターという食材だけが手に入らない。

これまでは見向きもされない下魚《げざかな》扱いされていた海の生物なのだが、昨年発行された『英雄ダンのグルメ旅行記』に掲載されてから、注目度が跳ね上がり、かつ捕獲が難しいので、現在も品薄状態なのだ。

「いっそのこと自分で獲りに行くか？　棲息《せいそく》している海域はわかったし」

トコブシェーターが獲れる場所は、買い物がてら鮮魚店で聞いている。

ただ、安全に捕獲できる海域は権利の関係上、立ち入れない。そのため教えてもらえたのは、一般に開放されているものの、危険生物が多く棲むために地元の人間ですら立ち入らない地獄のような海域なのだが。

あまり気は進まないのだが、英雄ダンのファンとしてはトコブシェーターを一度は食べてみたい。諦めがつかない。

僕は堤防に行くと、浮遊魔法で海の上空を移動する。

索敵を発動しながら、街から二十キロメートルほど離れたところまで来ると、紋章からシドラを呼び出して、聞いてみる。

「この辺にトコブシェーターっている？」

『あるじ～わからないケド、海の中の生き物を呼び出すコトはできるョ！　呼び出す？』

僕は頷き、海面ギリギリまで降下して声をかける。

「シドラ、頼む！」

シドラは固有スキルの［引き寄せ］を使った。

これにより、魔物を呼び寄せることができるのだ。

少しして、シェルイーターという蟹のような見た目をした生物が二十匹ほど海面に浮上してきた。

「カナイ村で川に棲む蟹は食べているけど、海に棲む蟹は食べたことがないな」

僕はそう言いながら、デリガスジョアを倒したことで習得していた、［自動収納］を発動した。

このスキルによって、倒した魔物は収納魔法に自動で収納されていくのだ。

それから僕とシドラは片っ端からシェルイーターを討伐した。

本来なら倒された魔物は海に沈んで行くのだが、自動収納のお陰で回収の手間が省けるのはかなり大きい。

そんな風にサクサクと蟹狩りを進めていると、大きな気配を感知する。

お、トコブシェーターか……？　と思ったのだが、海上に現れたのは七本の脚。

鑑定すると、海獣《かいじゅう》クラーゴンという巨大なタコだと判明する。

これも、『英雄ダンのグルメ旅行記』に載っていた食材である。だが、おかしな点がある。

「あれ、変だなぁ？　タコの脚は全部で八本あるはずだけど？」

そう思っていると、遅れてギガントシャークに巻き付いた脚が姿を見せた。

僕は巨大な雷の槍を生み出す雷魔法［バーストランス］を発動し、クラーゴンの急所に突き刺した。

僕がクラーゴンを倒すと、脚による拘束から解き放たれたギガントシャークが向かってきたが、それはシドラが倒してくれる。

その後も巨大ウツボ、巨大ヌタウナギ、巨大ウニ、無数のデスクラブが現れ、その全てを討伐したのだが、トコブシェーターは一向に現れなかった。

「まぁ大漁ではあったし、今回はこれで我慢するか……」

肩を落としながら僕がそう言ったタイミングで、シドラの腹から大きな音が鳴る。

『あるじ～お腹が減ったヨ！』

僕はシドラを紋章に戻してから、転移魔法でサーテイルの港街に帰った。

そして海域に関する情報をくれた鮮魚店に行き、討伐したものの中から巨大ウツボと巨大ヌタウナギとデスクラブ五匹とクラーゴンを売却する。クラーゴンは脚四本だけこちらで引き取り、それ以外を売却する形だ。

大量に仕入れてくれたからということで、少し色を付けてくれた。


ホテルに戻ると、フロントで手に入れた魚介を料理してほしいと頼む。

もし余ったら、残りを買い取らせてほしいと言われたので、それを承諾。

まぁ、相当量があるから、いくらシドラが大食いとはいえ全部食べるのは無理だろうし。

そんなやり取りの後に、予約していたレストランの個室に行くと、既にガイアンが飲み始めていた。

その向かいには――

「あれ？　グレッグさんじゃないですか！」

僕が言うと、グレッグさんが片手を上げて挨拶する。

「おぉ、リュカ君か！　久しいな」

「リュカ、グレッグと知り合いだったのか？」

驚くガイアンに、僕は説明する。

「グレッグさんは、かー祖父ちゃんの弟子の一人なんだ。だから、ガイアンにとっては兄弟子になるのかな？」

「どうりで勝てないはずだ……」

それからガイアンは、グレッグさんと親しくなった経緯を話してくれた。

ガイアンは闘技場で九連勝していたのだが、その連勝を止めたのがグレッグさんだったということらしい。だが、そこで意気投合して、こうして食事に誘ったんだとか。

話が終わったところで、グレッグさんがグラスを掲げる。

「旧友と弟弟子との出会いに感謝だ！　今日は俺が奢《おご》ろう！」

「あ、先ほど食材を入手したので、是非召し上がってください！」

ちょうどその時、厨房から料理が運ばれて来た。

その料理を見て、グレッグさんは唖然としている。

僕は紋章からシドラを出してやる。

するとシドラはすぐに料理に喰らいつき始めた。

それを横目に、グレッグさんが聞いてくる。

「これだけの種類の貴重な食材……リュカ君、魔の海域に行ったのか？」

「僕の行った場所って、魔の海域って言うんですか？　本当はトコブシェーターが欲しかったんですけど、手に入らなくて」

「A級食材のトコブシェーターよりレア度の高いS級食材であるクラーゴンがテーブルに並んでいる中で、そんな残念そうに言われてもなぁ……」

三人と一匹で料理を食べ進めていると、少ししてリッカとシンシアとクララが入ってきた。

彼女達が、布袋を料理の置かれていないテーブルの上に置くと、金属同士がぶつかり合うガチャという音がする。袋を縛っていた紐が緩み、アクセサリーや宝石類、魔道具が覗く。

「リッカ、それどうしたの？」

僕がそう聞くと、リッカは鼻を鳴らす。

「私がカジノで大勝ちして稼いだお金で買った物よ。予算内で済ませたから問題はないよね？」

「まぁ、ガス抜きをするのは良いとは思うけど……魔道具まで買ったのか？」

「この魔道具は、まだ発売されて間もない新商品なの！　旅に必要だと思って、少し値が張ったけど購入したわ」

リッカが取り出した魔道具は、僕が見たことのある物だった。

「この魔道具は、確か僕が作ってかー祖母ちゃんの名義で販売したやつだ……言ってくれればあげたのに」

「じゃあもしかしてこれって無駄……？」

僕はゆっくりと頷く。

「そう……だね」

やはり、リッカの買い物には僕がついていかないと駄目だな。

それから女子三人は露骨に落ち込んでしまっていた。

なんだか悪いことをしたような気持ちになるが、かー祖母ちゃんの元から発売された魔道具だってことはマークが付いているのでわかるはずだ。

それからリッカは自棄食《やけぐ》い、僕達はゆったりと食事をした。


翌日、僕達は冒険者ギルドで馬車を借りて、トリア村にやってきた。

到着したものの、特に大したイベントもなく、山で浄化作業を行い、リッカは三つ目の試練をクリアした。

それから再びサーテイルに戻り、借りていた馬車を返してからカナイ村に転移。

ガーライル侯爵への報告は……少し休んでからにしよう。

これからシンシアとクララの修業が一ヶ月続くことだし、僕達もしばらくはゆったり過ごせるだろうか。

第二章
「えいゆ～へのみち！」

Makyo Sodachi no
All-rounder Ha
Isekai de Suki Katte Ikiru!!

閑話　ザッシュの巡礼旅

時は遡り、リュカ達が学園を目指し始めた日の夜。

ザッシュ達チーム【漆黒の残響】が依頼を終えて村に帰ると、ようやく一つ目の浄化の試練を終えたアントワネットが、ペンダントをぼんやり眺めてのんびりしているところだった。

ザッシュはほっとした。そして少しは労ってやるかと村の食堂へ行くことにした。

しかしアントワネットは数種類もの料理を一気に頼み、それぞれ一口か二口程度しか食べずにこう言った。

「やはりこんな村では、私の口を満足させる美食は味わえませんわね！」

「お前さぁ……マジでふざけるなよ」

これぱかりはザッシュが怒るのも無理はない。

何せその日の依頼で稼いだ金の半分は、彼女の頼んだ料理に消えているのだから。

だが文句を言ったところで暖簾《のれん》に腕押しなので、彼らは残った料理を腹に入れて寝た。

翌日。次なる目的地であるエルドナート大陸を目指して、一行は村を出た。

金銭的な余裕はないが、旅を急ぐために彼らは馬車を利用することにした。

馬車で一時間ほどの距離にある港から船に乗って、エルドナート大陸のダレオリア港へ二時間移動。それが終わるころには、資金は尽きかけていた。

しかし、まだ穢れの地は遥か南方。

ザッシュは手っ取り早く資金を得る方法を考えながら港を歩く。

すると、馬車を引く行商人と冒険者が揉めているのに出くわす。

理由を尋ねると、護衛のために手配した冒険者のランクが低かったらしい。

商人の希望としてはCランクチーム以上なら良いとのことで、かつ行き先が南方の街ベイルードだったので、【漆黒の残響】は依頼を受けることにした。

こうして彼らはダレオリア港を出発するのだった。


ダレオリア港を出発してから一週間ほど経った。

護衛依頼を終え、依頼人と別れてからザッシュはアントワネットに聞く。

「おい、大分進んだが、穢れの場所にはまだ着かないのか？」

「ここから更に南西の方角ですわ！」

未だ終わりの見えない旅路にザッシュは溜息を吐く。

旅の終わりが見えないこともそうだが、彼にとって最大のストレスは生活する中での雑事だった。

【漆黒の残響】のメンバーの出自は戦闘奴隷である。そのため、家事は得意ではない。それにこの先の地理に精通しているメンバーもいない。

護衛料が存外にもらえたこともあり、ザッシュは期間限定で案内役兼サポーターを安い金額で雇うことを思いつく。

早速、街のギルドで、一人でいる冒険者らしき風貌の少年に声をかけた。

「おい、お前。今パーティを組んでいるか？」

「いえ、恥ずかしながらパーティを追い出されてからはずっとソロで活動しています」

「それならちょうどよかった。案内役を頼まれてくれないか？」

「こちらこそよろしくお願いします！　シオンっていいます！」

「俺の名はザッシュだ、短い間だが頼むぞ！」

これがザッシュとシオンとの出会いだった。

◆　◆　◆　◆

ザッシュのチームにシオンが参加してから半日が経った。

これまでただ無心に脚を動かし続けていたザッシュが、口を開く。

「あとどれくらいだ？　シオン」

「道中で馬車に乗れれば一日半で行けますが、今は人の行き来が激しい時期なので借りられないでしょうし、歩きで五日ほどってところですかね」

するとアントワネットが喚く。

「私はこれ以上歩くなんて嫌よ！」

それに対してザッシュが叫ぶ。

「またか！　お前の巡礼の旅なのに、我が儘ばかり言いやがって！　いい加減にしろ！」

「私はね、お嬢様なのよ！　歩くなんて冗談じゃないわ！」

シオンは少しでも空気をマシにするために話を逸らすことにした。

「お嬢様？　アントワネットさんは貴族なんですか？」

「そうよ、私はこの国の伯爵家の令嬢なの！」

「この国の……？　家名はなんですか？」

「貴方みたいな平民風情に話す必要はないわ！」

「僕も元貴族ですよ。グラッド伯爵家です」

「騎士家グラッド……名門の伯爵家がどうして冒険者なんかに？」

不思議そうに聞いてくるザッシュに対して、シオンははぐらかしつつ話を戻す。

「別にいいでしょう、そんなことは。それで、アントワネットさんの家名は？」

「ふん！　マリーゴールド伯爵家よ！」

それを聞いて黙ってしまったシオンに、ザッシュが問う。

「おいシオン、こいつの実家を知っているのか？」

「マリーゴールド家は没落したので、現在は貴族ではないんです。ここらでは有名な話で。数年前に浪費家の夫人と娘のせいで領主が領民に重税を課さざるを得なくなり、民を苦しめていたことで反発を起こされて、王家により取り潰されたはずです。もっとも、別の大陸にまではこの情報は流《る》布《ふ》されていなかったようですね」

ザッシュは口元をわなわな震わせる。

「じゃあ、今のコイツの立場は平民か？」

「そうなりますね。ですので、正しくは元お嬢様ですよ」

「そんな話は嘘よ！　私の家は由緒正しくて、お金持ちで——」

「なら、アントワネットさんを連れて領地にでも行ってみますか？　命の保証はできませんけど」

シオンの言葉に、アントワネットは黙り込む。

そんなアントワネットを指差して、ザッシュは言う。

「何だ！　平民風情がお嬢様気取りで宿に泊まりたいとか、馬車を使いたいとか抜かしていやがったのか！　お前の実家にお前が使った分の金を請求しようと思っていたから我慢していたのに！」

「それはお気の毒ですね……一体いくら使わされたんですか？」

シオンの質問に、ザッシュは鼻を鳴らす。

「金貨四枚は使ったな。これなら道に捨てた方がいくらかマシだったかもな」

「金貨四枚ならなんとか回収できるかもしれませんよ？　現在のマリーゴールド領の領主が元伯爵家に懸賞金をかけていますからね。その額が確か金貨五枚だったはずなので」

ザッシュは、無言で地面を見つめるアントワネットの髪を掴んで顔を持ち上げて言い放った。

「おい、元お嬢様！　お前に二つの選択肢を与えてやる！　一つは、聖女になるための旅を完遂するという選択肢。もちろん俺に絶対服従を誓った上でだ。そしてもう一つの選択肢は、俺がお前の身柄を引き渡して懸賞金をもらうという選択肢だ。さぁ、選べよ！」

「え……と……やめ……」

「ハッキリ喋れよ！　聞こえねぇだろ！」

アントワネットが泣きながら周りを見渡すも、彼女をかばおうとする者はいない。

それほどまでに、これまでの行いがチームにとってよろしくなかったということである。

シオンも普段であれば止めていたかもしれないが、彼の友人が元伯爵家の重税に耐え切れなくなって命を落としたため、肩を持つことはしない。

そんな様子を見て諦めたのだろう、アントワネットは泣きながら叫ぶ。

「これからはザッシュ様の言葉には逆らいません！　だから引き渡すのだけはやめてください‼」

「初めからそう言えば良いんだ。全く、手間掛けさせやがって！」

巡礼の旅を完遂すればそれを護衛し切った【漆黒の残響】には報酬と名声が与えられる。ザッシュにとって一番良い形で話は落ち着いた。

　そして、シオンが口を開く。

「そういえば、巡礼の旅は七つの各大陸で浄化を行うと聞いたことがありますが、デストローク大陸の太古《たいこ》の島《しま》も含まれているんですよね？」

　シオンの言葉に、ザッシュが苦虫を噛み潰したような表情を作る。

「今の俺様達でもあの島で浄化を行うのは厳しいだろう。レベル的にもだが、不浄の地に辿り着けたとて、この聖女見習いが一番難度が高いと言われるデストローク大陸の浄化を完遂できるとは到底思えない」

「そういうことでしたら、今から行くガーヴァ渓谷《けいこく》は打って付けだと思いますよ。以前ガーヴァ渓谷で索敵魔法を使った時に、大型の魔物の反応を感知したので、良い腕試しになるかと。浄化は頑張ってもらうしかないですけど」

「シオンは魔法が使えるのか？」

「はい、ある呪いをかけられていて攻撃はできませんが、補助魔法や回復魔法なら使えます！」

　実際、シオンはかなり優秀だった。補助魔法や回復魔法だけでなく、錬金に鍛冶《かじ》スキルも使える。住居を作るスキルや料理スキルまであり、サポーターとしてこの上ない能力だと言える。

　リュカを追い出す以前のザッシュだったらその優秀さに気付けなかっただろうが、一度痛い目を見て丸くなった彼はシオンを素直に認めていた。

その日の夜、ザッシュは夕食の仕込みをするシオンを見て言う。

「元貴族の割に、随分手際が良いんだな」

「僕は攻撃ができないことがわかってからは、無能だと言われ続けていましたからね。それから成人年齢である十五歳になるまでに、どうにか役に立つ手段はないかと様々な技能を必死に身に付けたんです」

「成人までか？　何故だ？」

「さすがに成人前に息子を追い出したとなっちゃ、世間の目が厳しいからでしょう。成人になったら追い出す！　ってことで猶予《ゆうよ》を与えてもらいました」

「俺も実家は貴族家だった。んで、家族から爪弾《つまはじ》きにされていたからわからないでもない」

「なんだか似ていますね、僕とザッシュさん」

シオンの言葉に、ザッシュは少し照れくさそうに頬をかく。

「……まぁ、そうだな」

そんなタイミングで女性――アントワネットとミーヤ、レグリーが風呂から出てきたので、ザッシュとグレンが入れ替わるように風呂に向かっていった。

◆　◆　◆　◆

それから五日後。ガーヴァ渓谷での浄化作業は終わった。

もっとも、アントワネットの浄化能力が弱すぎたので、シオンが背中に触れて魔力を流して補助することで成功したわけだが。

「さてと、ここでのやることはほぼ終わったから、ベイルードに戻るか。シオンにも報酬を支払わないといけないしな」

そんな当然とも言えるザッシュの提案に、シオンが言う。

「そのことなんですが、ベイルードの街にどうしても戻らなければなりませんか？」

「何かあるのか？」

ザッシュの言葉にシオンは少し迷ったような表情をしてから、呟く。

「いえ、皆さんの足を止めてしまうのは申し訳ないので、大丈夫です。理由は……行けばわかります。では皆さん、僕に触れてください」

シオンはかつてクエストの中で特別な杖を手に入れた。

そのお陰で、転移魔法が使えるのだ。

「転移・ベイルード！」

こうしてザッシュ達は帰還魔法でベイルードの街の入り口に移動した。

そこから冒険者ギルドに向かう途中、シオンが呟く。

「冒険者ギルドか……気乗りしないなぁ」

「さっきから一体どうしたんだ？　何かあるのか？」

聞いてきたザッシュに、シオンは不安そうな顔を向ける。

「ザッシュさん、冒険者ギルドで僕がなんて呼ばれていようと気にしないでいただけますか？」

「俺は別にお前がどんなやつだろうと気にしないぜ」

そんなやり取りの後、ザッシュ達は冒険者ギルドの中に入った。

すると、冒険者達の視線が一斉にシオンに向く。

「英雄シオンだ！」

「この街の救世主、英雄シオン！」

「やっぱり……こうなったか」

呟くシオンに、ザッシュが聞く。

「おい、シオン……英雄って？」

すると、レグリーが壁に貼られた新聞記事を指差す。

「リーダー、見てください！」

そこには『英雄シオン』に関する記事がびっしり貼られていた。

それを見てから、ザッシュ達はシオンに視線を移す。

「シオン、お前、凄い奴だったんだな……」

「望んでそうなったわけではないんですけどね……」

そんなことがありながらも冒険者ギルドで手続きを済ませたザッシュ達は街に出て、宿を探し始めた。

少しして、ザッシュがちらりと後ろを見て、言う。

「つけられているな……シオンのファンか何かか？」

「いや、そんな好意的な気配じゃないですね。恐らくは――」

シオンは、アントワネットを見た。

何故か、アントワネットはフードを外して歩いている。ベイルードにはマリーゴールド領から流れた住民が多く住む。そのため、恨みを持っている住民が街には確実にいるにもかかわらずだ。

ザッシュは溜息交じりにアントワネットに尋ねた。

「おいおい聖女候補様よぉ……何故フードを被ってない？」

「街の中では安全かと思って……」

アントワネットの発言に、呆れて物も言えないメンバーを代表して、ザッシュがどうにか声をふり絞る。

「あのなぁ、領主が領民に重税を課した場合、領民は領主を恨むよな？」

「ええ、それとフードにどういった関係があるのですか？」

「お前は魔物の巣の中に迷い込んだとして、身を隠さないのか？」

「それは隠れます！」

「そうだよな。だとしたらこの場合はフードを被って隠れるべきだろ？」

ザッシュがそこまで丁寧に説明しても、アントワネットは首を傾げるのみだった。

代わりにザッシュはシオンの方を向く。

「奴らは襲ってくると思うか？　……って聞くまでもないか」

「憎んでいる相手が目の前にいて、捕らえれば金貨五枚がもらえるのに、捕らえようとしない方が不思議です」

そんな会話を聞いて、ようやくアントワネットはことの重大さを理解した。

「お願いします！　私を助けてください」

どこまでも自分本位なアントワネットの姿勢に、シオンは溜息を吐いた。

「アントワネットさん、フードは被っておいてくださいね。それとザッシュさん、この街で宿泊するのは諦めてください」

「それはまぁ当然だろうが、どうするんだ？」

「転移魔法でグラッド……僕の故郷に移動します。そこでなら宿は取れるでしょうけど、マリーゴールドの領民を多く受け入れているので、今度こそしっかりフードを被って正体がバレないようにしてくださいね」

「はい、この大陸から出るまでは、絶対に脱ぎません！」

「では、転移・グラッドの街！」

こうしてザッシュ達はベイルードからグラッドへ移動するのだった。


グラッドの宿にて一行は、やっと休息していた。

少しして、ザッシュが言う。

「さて、これからどうする？」

【漆黒の残響】の中で計画を立てる能力のある者はいないから、実質この発言はシオンにのみ向けられたものと言える。

シオンは、少し考えてから口を開く。

「ここで夜を過ごしますが、アントワネットさんは、部屋から一歩も出ないでください。食事に関しては僕達が買ってくるので」

「えぇ、私は部屋から出られないの!?」

アントワネットの相も変わらずな発言に、シオンは頭を押さえる。

「別に出ても良いですよ。ただし、マリーゴールドの元領民に見つかって暴行を加えられた後に現領主に身柄を引き渡されても良いのであれば、ですけど」

「大人しく待っています……」

そこで、ザッシュは思いついたように言う。

「そういえば、シオンはここが故郷なんだよな？　行きたいところとかないのか？」

「ないですね。なんなら、早く立ち去りたいです。僕もこの街では変装しないと、街中を歩けませんし」

「そういえば実家を追い出されたって言っていたものな。いい思い出があるわけもないか」

自分が実家を追い出された時のことを思い出しながらそう口にするザッシュに対して、シオンは苦笑しながら言う。

「それに加えて、見つかると英雄だと騒ぎ立てられますからね。面倒ですよ」

「そうか。ところで、この街で馬車は借りられるか？」

「Bランク以上のチームなら借りられますが、それ以外だと大陸の真ん中あたりに位置するデルシェリア王国行きの乗合馬車くらいですね」

【漆黒の残響】は、Cランクのチームなので、馬車を借りることはできない。

エルドナード大陸を出て、別の大陸の試練に挑むには、ひとまずダレオリア港に向かわなくてはならないのだが、現状歩いていくしかない状況である。とはいえ、グラッドからダレオリア港まではかなりの距離がある。

「シオンの転移魔法でダレオリア港まではいけないのか？」

ザッシュの質問に、シオンは首を横に振る。

「無理ですね。転移魔法は、行ったことのある場所にしか行けません。僕はダレオリア港には行ったことがないので。馬車を買うというのはどうですか？　依頼の報酬もありますし、僕が借りに来たとなれば、値引きしてくれるかと」

「それは助かるが、素性《すじょう》が割れるのは良くないんじゃないのか？」

そんなザッシュの心配に対して、シオンはサムズアップで答えた。

◆　◆　◆　◆

一週間が過ぎた。

シオンが購入した馬車に乗った一行は、順調にダレオリア港に向かって進み、マリーゴールド領の付近まで来た。

本来であればアントワネットを連れてマリーゴールド領に赴くのは避けるべきだと言えるが、マリーゴールド領はグラットとダレオリア港の間にある唯一の補給地なのだ。

「そろそろ食料を仕入れる必要があるので、街の方へ行きましょう。ここからはさすがに、アントワネットさんの名前を呼ぶのはマズいでしょうね。誰が聞いているかわかりませんし。ニックネームで呼ぶのはいかがでしょうか？　例えば、アネットとかどうですか？」

そんなシオンの提案に、アントワネットは頷く。

「好きに呼んでもらって構いません」

そんな会話を聞いて、ザッシュがあることを思いつく。

「なら、シオンがグラッドの街かベイルードの街に転移魔法で行って食料を仕入れ、戻ってくるってのはどうだ？」

しかし、シオンは首を横に振る。

「それができたら良いのですが、できないんです。僕の転移魔法のレベルは1なのですが、このレベルでは街や村への移動はできるのですが、座標が変わる乗り物などを指定して飛ぶことができないんです。なので、買い物はできても馬車に戻ってこられる確証がありません」

そうなると、誰が買い出しに行くのかという問題が浮上する。

レグリーは意外にも食材に関する知識が豊富だということで、まず彼女は決定。

ではその他はどうするか。シオンは英雄であるという風評がここまで届いているかもしれず、アントワネットが行くのはあり得ない。この地では獣人族はあまり良い印象を持たれないため、グレンとミーヤもNG。すると残りはザッシュしかいない。

というわけで、マリーゴールド領の近くに馬車を停め、ザッシュとレグリーが買い出しに行くことになった。

しかし、出かけてからものの五分もしないうちに二人が帰ってくる。

荷物持ちをするはずのレグリーが手ぶらなのを見て、シオンは聞く。

「何かあったんですか？」

「アントワネットをつけていた奴らがいただろう？　その時に俺らの特徴まで記録されていたらしい。情報を募《つの》るための張り紙が街中に貼られていて買い物どころじゃなかった。直接英雄にケンカを売るのはマズいと思ってか、シオンの情報までは記載されていなかったが……」

「ここでの買い物は無理だと思います。急いで離れた方が――」

そんなザッシュとレグリーの言葉を遮るように、シオンが口を開く。

「なら、僕が様子を見て来ましょう」

シオンは性別を変えるメイク魔法で、女性に変身する。そして、いざという時のために鞄に忍ばせておいた女性用の服を身に纏う。

万一にも英雄シオンだとバレないための、最大限の対策である。

そんな彼の姿を見たレグリーとミーヤが歓声を上げげる。

「シオンさん、可愛いです！」

「まるっきり女の子にゃ！」

シオンに女装趣味はない。そのため、彼が女子二人に返したのは複雑な表情だった。

『ベイルードの街でアントワネットを発見！　その時にいた仲間と思《おぼ》しき者の特徴はこれだ』

シオンは街に入って早々にそんな張り紙を発見した。

そこには確かにザッシュ、グレン、レグリー、ミーヤ、そしてアントワネットの服装や特徴が詳細に書かれていた。

シオンはいっそう警戒心を強めて、必要な物を買い揃えながら、情報を集めた。

すると、領主館の近くにあるボードに、別の文言が記載された紙が貼られているのを見つける。

『マリーゴールド元領主の次女・サテラネットを捕縛！』

アントワネットは三女なので、サテラネットは彼女の姉に当たる。

早く状況を共有する必要があると結論したシオンは、馬車に戻ることにした。


「買い物は無事に済んだようだな」

そんなザッシュの言葉に、シオンは目を伏せる。

「えぇ……それは問題ないのですが……」

他でもない肉親の悪いニュースをアントワネットに聞かせて問題ないだろうかと、シオンは葛藤していた。

そんな彼の顔をレグリーが覗き込む。

「どうしたんですか？」

「アネットさん、サテラネットって、貴女のお姉さんですか？」

シオンが意を決してそう言うと、アントワネットは動揺したような声を上げる。

「サテラ姉さんがどうかしたの⁉」

「現在、領主に捕まっているそうです……が、どうにも胡散臭いんです」

ザッシュが話の先を顎をしゃくって促し、シオンは頷く。

「元領主の関係者が捕まったにしては騒ぎになっていないんですよ。領民に恨まれている元領主の娘が捕まったら、大衆の前で処刑するのが普通。なのに、領主の館に幽閉《ゆうへい》しているだけなんてあり得ません。恐らく近くで発見されたと噂されるアネットさんを捕らえるためだと領民に説明した上で、虚偽の情報を流してアネットさんを屋敷におびき寄せようっていう魂胆《こんたん》なんじゃないかと」

シオンの言葉に、他のメンバーは納得したように頷く。ただ、アントワネットだけは不安そうな表情だ。

（家族が捕まっているなんて話を聞かされたら、真偽を確かめずにはいられないだろうし、このままここを離れてもアントワネットさんは落ち着かない、か）

そう考えたシオンは溜息を吐いた。

「仕方ないですね、僕が真偽を確かめてきます。あまり使いたい手ではありませんでしたが、正体を明かせば領主は僕を屋敷に入れないわけにもいかないでしょうから」

シオンは再度街へ行き、領主の屋敷を訪れてメイク魔法を解除し、中に入れてもらった。

そうして領主の部屋へと通されると――

「おぉ！　君だったのかシオン！　いや、英雄殿と言った方が良いですか？」

部屋の中にいた少年が、悪戯っぽく微笑む。

それに対して、シオンは一瞬戸惑ったような表情をした後に、どうにか笑みを浮かべる。

「君は……ヨシュアか!?」

「なんだ、親友の顔を忘れたのか？」

「いや、だって、ヨシュアは……それに親友って……」

シオンは口を噤《つぐ》む。

ヨシュアは、マリーゴールド領に住んでいたシオンの友人だ。

だが、マリーゴールド領で重税に苦しんだ結果、命を落としたという報せがつい最近シオンの元に手紙で届いたばかりなのだ。

（もしかすると、その情報は誤りなのか……？）

そんな風に葛藤するシオンの前でヨシュアは、飄々《ひょうひょう》と言う。

「ところで今日は俺に会いに来たってわけでもないだろう？　俺が領主だって知らなかったみたいだし」

「あ……あぁ。実はマリーゴールド元伯爵令嬢に会いたくてさ」

「あぁ、次女のサテラネットか。会ってどうする？」

「確認するだけだよ、本物かどうか。マリーゴールド元伯爵の次女は人見知りで滅多に人前に顔を出さない臆病な人物だったけど、僕は面識があるんだ。それでギルドから確認してこいと依頼を受けてね」

もちろんシオンが口にしたのは真っ赤な嘘だが、ヨシュアにそれを確認する手段はない。

シオンの目論見通り、ヨシュアは首を縦に振った。

「なるほど、そういうことなら案内しよう！」

そうしてヨシュアの案内で、シオンは地下牢へ。

するとそこには、鎖に繋がれている二十歳くらいと思しき女性が地に伏していた。

シオンが鑑定魔法を使うが、『不明』と出てくる。

「どうだシオン、本物か？」

ヨシュアの質問に対して、シオンは首を横に振る。

「僕が出会ったのは、成人になる前だ。こんな薄暗い中では判断が難しい。顔を良く見たいんだが……」

「なるほど、明かりを！」

ヨシュアの指示通りに、執事が牢の中を照らした。

すると、地に伏していたのは銀髪《ぎんぱつ》で赤い目をした女性だとわかる。

シオンは念のため再び鑑定を使うが、鑑定結果は変わらず『不明』。

「少し話をしたいんだが、席を外してくれないかな？」

そんなシオンの言葉に、ヨシュアは不審げな目を向ける。

「何故だ？　俺に聞かれたらまずいことでもあるのか？」

「まぁ端的に言えばそう。昔の話をして、本人か確認したいんだけど、僕の極めて個人的な話もしなきゃいけないから、親友とはいえ同席されていると気恥ずかしいんだよね」

「そういうことならわかった。俺と執事は部屋にいるから終わったら来てくれ！」

そう言い残して、ヨシュアは地下牢を後にした。

彼の姿が消えるのを待って、シオンは遮音結界を張ってからアントワネットに念話する。

《アネットさん、聞こえますか？》

《シオン？　聞こえるわ》

当然ながら、個人的な話云々《うんぬん》についてはヨシュアをここから追い払うための嘘だ。

念話を使っている時に会話をするのは困難だったから、というのが本当の理由である。

《目の前にサテラネットさんらしき人がいるにはいるのですが、鑑定魔法を使っても不明としか出なくて、外見の特徴とかを確認したいんです。サテラネットさんの髪色は銀で、瞳は赤い色をしていますか？》

シオンの質問に、アネットが答える。

《確かに姉さんは、家族の中で唯一赤い瞳をしています》
《だとすれば、鑑定が上手くいかなかっただけで、本物だと考えていいのかな……》
《そういえば髪で隠していますが、額から右耳にかけて火傷《やけど》の痕《あと》があります。それのせいで人見知りをするようになり、ひきこもるようになったので》
《火傷の痕？》
シオンは風魔法で彼女の髪を上げるように弱い風を送った。
髪が捲《まく》れ上がって額が露《あらわ》になるが、火傷の痕はない。
《火傷の痕はありませんね。魔法で消した可能性もありますけど》
《姉さんの火傷の痕は、何度試しても回復魔法で消せませんでした。だから、その線は薄いかと》
《だとすると、目の前にいる女性は偽者ですね。良く似た人物を捕らえてそう仕立て上げたってところでしょう》
《家族が無事で安心しました！》
こうして念話を終え、シオンは遮音結界を解除してから領主の部屋に向かう。
そして報告を終えると、執務机に向かっていたヨシュアは勢いよく立ち上がった。
「なんだと!?　偽者だった!?」
「彼女はどういう経緯で捕まったの？」
「冒険者が捕らえて引き渡してきたんだ」

「それは変だな？」

「何が変なんだ」

「マリーゴールド元伯爵の次女は、人前にあまり顔を出さないことで有名だったはずなのに、冒険者は何故彼女だとわかったんだ？」

そのタイミングでシオンは念話でザッシュに合図を出す。

すると、ザッシュ達が部屋に踏み込んできた。

合図を出したらザッシュ達が退路を塞ぐよう、シオンが指示を出していたのだ。

「シオン……これはなんの真似だ!?」

戸惑うヨシュアに、シオンは言う。

「元々怪しんでいたんだよ。君は誰だい？」

「俺はお前の親友のヨシュアだ。今更何を言っている!?」

「どういう状況だ、シオン？」

「説明します、ザッシュさん。本当のヨシュアはつい最近命を落としたと僕のところに手紙が届きました。よしんば何かの手違いで生きていたとしても、性格が違いすぎます。ヨシュアは自分のことを僕と呼びますし、何より彼は僕のことを親友とは呼びません。身分を重んじる平民であった彼は、当時貴族だった僕のことを親友と呼ぶことを躊躇っていましたから」

するとヨシュアの声音が急に変わる。

『な～んだ、最初からバレていたのか……』

そして、徐々に体が大きくなっていき——オーガのような化け物に変化した。

横にいる執事の頭も、ヤギの骸骨のようになっている。

それを見てもシオンは動じない。

「さすがにここは戦うには狭いですね、外に出ましょう」

『この姿を見た者は生かして帰さんぞ!!』

館を出ようとするシオン達を、化け物は壁を破壊しながら追いかける。

どうにか領主の館の前に出て、シオン達は得物を構える。

遅れて出てきた化け物が雄叫びを上げると、周囲にいた住民数人が集まってきて次々と悪魔の姿に変貌していく。

「お前は誰だ！　いい加減名を名乗れ!!」

ザッシュが叫ぶと、化け物は名乗る。

『我は六の魔王様の配下・ボルグワルディだ！　この名を知れたことを冥土《めいど》の土産《みやげ》に、散るがいい!!』

そう言ってからもう一度咆哮《ほうこう》するボルグワルディを前に、ザッシュはメンバーに指示を出す。

「グレンとミーヤは周囲の雑魚を頼む！　レグリーはアントワネットを守れ！　俺とシオンは目の前の奴をやるぞ！」

ザッシュが言い終わるが早いか、シオンは魔法の詠唱を始める。

「防御魔法［プロテクション］！　高速移動魔法［ヘイスティ］！　攻撃力上昇［シャープネス］！　軽量化魔法［フライトレーション］！　回復補助魔法［リジェネート］！」

「いつ見ても凄い魔法だな……行くぞ！」

ザッシュはボルグワルディに向かって行く。

シオンは攻撃ができない。ただ、妨害をするだけであれば問題ない。

彼は執事の動きを封じつつ、ザッシュを支援する。

その間に【漆黒の残響】のザッシュ以外のメンバーは、ザッシュの指示通り戦う。

十五分ほど経ち、グレンとミーヤが住民に紛《まぎ》れていた悪魔達を倒し終えた。

その勢いのまま執事を倒してから、ボルグワルディの元へ集う。

そこでは、ザッシュが既にボルグワルディを圧倒していた。

『ぐっ……なんだこの人間は!?　この我が押されるなど！』

「なんだ、魔王の配下も大したことがないな！」

その言葉を聞いたボルグワルディは雄叫びを上げると、更に巨大化しようとする。

しかし、そんな隙《すき》を見逃すシオンではない。シオンは拘束魔法でボルグワルディの上半身を拘束する。

続いてグレンがボルグワルディのアキレス腱《けん》に攻撃を加え、バランスを崩した。

巨体が大きな音を立てて倒れる。

しかし、それで終わりではない。ミーヤが顔面を切り付け、最後にザッシュが急所を魔剣で貫く。

『馬鹿な……バカナァァァァァ‼』

ボルグワルディは、そんな声を上げながら消滅した。

周りに積み上げられていた配下と執事の死体も消える。

少し遅れて、戦いを見ていた村人達の歓声が響いた。

それを聞きながら、シオンは苦笑いを浮かべる。

「結局あの魔王の配下は、何をするためにマリーゴールド領に潜伏していたんでしょうね、ザッシュさん」

返事がないのでシオンが振り返ると、そこには地面に伏しているザッシュ達の姿が。

自分のレベルに見合わない莫大な経験値を得た場合、負荷が大きすぎて動けなくなってしまうのだ。


動けるようになるまでその場で休息してから、ザッシュ達は街を後にした。

感謝に湧く領民は彼らを引き留めようとしていたが、万一もてなされている最中にアントワネットの正体を知られてしまったらことなので、留まるわけにはいかない。

ただ、それでは気が済まないということで、ザッシュ達は領民達から様々な食材をもらった。

馬車が出発してから少しして、ザッシュは言う。

「御苦労だったな、シオン」

「もう、冗談じゃないですよ！　ザッシュさん達の手柄なのに、英雄様が魔王の配下を倒してくれたって思い込んで聞いてくれなかったんですけど！」

そう、シオンの正体はさすがにバレてしまい、その結果、領民達は全力で彼をもてはやしたのである。

「英雄シオンバンザーイ！　っていう声が、街を出てもしばらくは聞こえてきましたよね」

「やめてください、レグリーさん……英雄だなんて、僕には重すぎる看板ですよ」

そう溜息を吐いてから、シオンは考える。

（それにしても、何故あの化け物は僕とヨシュアの関係を知っていたんだろうか。僕とヨシュアが友達だったと知っていたのは、領民でも極限られた人だけなのに）

そんななんとも言えない不安を抱えたシオンを載せたまま、馬車はダレオリア港を目指して進み続ける。

第一話　悪が栄えた試しはない！（リッカの自業自得ざまぁ回です）

僕、リュカがシンシアとクララを連れて実家に帰ると、僕の母さん、トリシャが素っ頓狂な声を上げる。

「貴方、年頃の子に手を出したの⁉」

「またこの誤解から始まるのか……」

母さんはよく変な勘違いをする。

そして、更に厄介なことにリッカはこういう時に余計な一言を言って、母さんの暴走をエスカレートさせる傾向にあるのだ。

「この二人の名前は、シンシアとクララ。どちらも公爵令嬢なんだけど、リュカ兄ぃは両方に手を出しちゃったの」

「リッカ！　誤解を招くような言い方をするのはやめろよ‼」

文句を言う僕だったが、それに対して母さんは怒りの声を上げる。

「リュカは黙ってなさい！　リッカ、その話は本当なの⁉」

「うん、本当だよ。リュカ兄ぃは、二人の胸を揉んだり、頬や首を舐めたり吸ったり――」

いや、確かに本当だけど！

「母さん、それには理由があってね？」

僕がそう弁明しようとするが、母さんの耳には入っていないようだ。

母さんの背後に、赤い炎がメラメラ立ち上るのが見える。

その怒りの炎に、リッカは更に薪《まき》をくべる。

「リュカ兄ぃは魔王を名乗って、泣いて嫌がる二人にいかがわしいことをしようとしたんだ」

「リッカ！　言い方ってもんがあるだろ！　母さん、本当に理由があるんだ！　聞いてくれよ！」

「どんな理由があって、泣いている二人にいかがわしいことをしたの？　っていうか、魔王って何？」

リッカの奴、サーテイルで村からもらったお金まで無駄遣いしたことを知った僕が、寝る前にお説教したのを根に持っていやがるな。

この状況を打開するには……シンシアとクララが擁護してくれたところで母さんは『僕に言わされた』と聞く耳を持たないだろうし……そうだ、依頼主のガーライル侯爵を連れてこよう。学園長からことの顛末は聞いているはずだから、説明してくれるはずだ。

「母さん、話を聞いて！　それはガーライル侯爵からの依頼を達成するために仕方なくやったことだったんだ。今からガーライル侯爵を呼んでくるから、その説明を聞いてから判断するのでも、遅くはないだろう!?」

「わかったわ。ただ、ガーライルさんの話を聞いて、食い違っていたらキツくお灸を据えることになるからね！」

「はい！　わかりました！」

そして僕は、リッカの方を向いて、にやりと笑う。

人を陥《おとしい》れようとしたらどうなるか、そろそろ知ってもらおうか。

「あ、そういえばリッカがサーテイルの港街のカジノで大勝ちしたんだけど、その後に衝動買いをして村からの寄付金にも手を付けてしまったんだ。僕がしっかり見ていなかったのが悪いんだ……本当にごめん。それに関しての説教は、帰ったらいくらでも受けるよ。それじゃあ、行ってくるね！」

「ちょ、リュカ兄ぃ!!」

僕は焦ったように叫ぶリッカにあっかんべーをしながら、転移魔法で移動した。

さてと、リッカはどうなるんだろうなー！

そんなわけで、ガーライル侯爵家の前に転移した僕は、執事の案内で執務室へ。

部屋に入ると、ガーライル侯爵は相変わらず忙しそうに書類整理をしていた。

「おぉ、リュカ君か。話はピエールから聞いている。もう少し待っていてくれ！　すぐに手が空くと思うから」

それから三十秒ほどでガーライル侯爵は執務机を離れ、僕の前のソファに腰掛けた。

「すまなかったね、お待たせした」

「いいえ、お疲れ様です。それで、学園長からはどれくらい話を聞いていますか？」

そんな言葉をきっかけに二、三尋ねたが、ガーライル侯爵は学園長からほとんどの事情を聞いているようだ。

「それで、二人の公爵令嬢は、今どちらに？」

「カナイ村にいます。僕達の旅に同行したいと言い張るので、修業をしてもらおうかと」

「そうか、ちょうどピエールを通して彼女達に両親からの言伝《ことづて》を預かっているんだ。カナイ村に連れていってもらうのは可能かね？」

「こちらからお願いしたいくらいですよ。シンシアとクララに対する誤解を解いてほしくて、ここまで足を運んだようなものですから」

それから僕が家であったことを話すと、ガーライル侯爵は苦笑いを浮かべ、僕の肩に手を置き、慰《なぐさ》めてくれた。

「では、行くとするか。執事も連れていって構わないか？」

「わかりました。それでは二人とも僕に掴まってください」

こうして僕達三人は、カナイ村の家の前に転移してきた。

僕が家の扉に手を掛けようとすると、中から母さんの怒鳴り声が聞こえてくる。

「リッカ！　貴女は無駄遣いばかりして！　しかも、聖女の巡礼旅のために村の皆が寄付してくれたお金にまで手を付けたですって⁉」

「全部は使ってないもん」

「じゃあ、いくら残っているのよ？」

「……銀貨千三百枚」

「お父さんや義父さんからもらった金貨は？　もうないの⁉」

「それは、旅に必要な魔道具を購入しちゃって……これなんだけど」

少しガサゴソと音がしてから、何かが破裂した時のような音がした。

これって、もしかしてビンタの音……？

かー祖母ちゃんの名義で販売された魔道具だと気付いた母さんが、ブチ切れたのか。

「全く…その金遣いの荒さは誰に似たのよ」

「それは母さんでしょ」

「私は計画的に使っているわよ！　無駄な物に使ったことなんて一度もないわ！」

「だってぇ……」

「言い訳するんじゃありません！」

そして連続でビンタの音が聞こえてきた。

僕達は扉の前で立ち尽くしていた。

さすがにこの状況で家に入れるほど、僕は恐れ知らずではない。

僕達は、家の前の切り株に座って、怒鳴り声が止むまで待った。

そして静かになってから扉を開けると、パンパンに顔を腫《は》らしたリッカがいた。

観察した感じ、母さんは聖女の術の一つである［魔法封じ］をリッカに使い、回復魔法を発動させないようにしているらしい。むごい。

「リュカ、次は貴方の番よ――って、ガーライルさん、もういらしていたの!?」

母さんは急いで笑顔を作る。

ガーライル侯爵と執事は、ビンタの音や怒鳴り声を既に聞いているので無駄な努力には違いないが、言わないでおこう。

「お久しぶりです。リュカ君から、彼がそちらのお二人にしたことについて説明してほしいと頼まれまして」

ガーライル侯爵は、シンシアとクララにちらりと視線を送りつつそう言うと、母さんに一部始終を説明してくれた。

その説明の途中から、リッカの顔に段々汗が噴き出していくのが見て取れた。

母さんは頭を押さえて溜息を吐くと、収納魔法からナックルの付いたグローブとレッグガードを取り出して装着した。そして、母さんはリッカを見ると言う。

「リッカ、貴女の説明とガーライルさんの説明は随分食い違っているようだけれど？」

「えっと……リュカ兄ぃ、助けて‼」

母さんに慈悲を求めるのは無理だと悟ったのだろう、僕に懇願して来るリッカ。

だが、僕は微笑んだ。

「僕を陥れようとした人を何故助けないといけないのかな？」

母さんはリッカの服の襟を掴み、引き摺りながら奥の部屋に消えていった。

ちなみに、奥の部屋はちょっとした訓練場になっている。

「リュカ君、リッカ君は大丈夫かい？　お母様はグローブとレッグガードなんていうかなり物騒な武器を装着していたけれど」

「あぁ、アレですか？　あれはヒーリングナックルグローブとヒーリングレッグガード——総じてヒーリングウェポンといって、殴った後に回復させられる武器なんです。【黄昏の夜明け】時代の母さんがどんな役目を担っていたか、知っていますか？」

「確か聖女だったよな？」

「正確には、殴り聖女、なんです」

母さんは、武闘派なかー祖父ちゃんの娘なので、肉弾戦にかなり秀でている。

そのため敵を捕虜にしたい時にやりすぎないために、ヒーリングウェポンを使っていたんだよね。

回復の出力は調節可能だから、敵に使う時にはダメージを残し、家族を殴る時には傷が残らないようにする、といった使い分けをしているようだ。

ちなみに僕は、母さんにあの武器で殴られたことはない。巨大メイスで滅多打ちにされて撲殺されて蘇生される、というお仕置きしか受けたことがないからだ。

だから家族に使う時、というよりリッカに使う時、と表現した方が正しい。

「貴女って子は！　またお兄ちゃんを陥れるような嘘をついて！　貴女のその歪んだ性根を叩き直してやるわ！」

「ごめんなさい！　ごめんなさ痛い！　ごめんううっ！」

母さんとリッカのそんな声が聞こえてくる。

いくら治るといっても、痛くないわけじゃないんだよね、もちろん。

さて、こんな中に客人を待たせておくのもよろしくないだろうし、外に出てもらうか。

そう思って部屋を見回すと、シンシアとクララが体を寄せ合い部屋の隅《すみ》でガタガタと震えていた。

修業の前にこんな怖い思いをさせたら、修業どころの騒ぎではなくなってしまいそうだな。

僕は二人を安心させようと、優しく笑いかける。

「これがこの家での日常だからね！　怖くないよ！」

しかし、二人はよりいっそう顔を青くして、無言でコクコクと頷くだけだった。

あれ？　おかしいな……？　怖がらせないように言ったつもりだったのに。

二人とも震えていたので、僕が手を貸してあげつつ、五人で家を出た。

そしてガーライル侯爵はシンシアとクララに二人の両親からの伝言（恐らく『気を付けていってらっしゃい』とか『ご迷惑をおかけしないように』的なアレだろう）を伝えると、「もう戻らなくてはならない」と言って執事とともに帰っていった。

帰っていったとは言っても、僕の転移魔法で送ったんだけど。

そんなあれこれがあってようやく落ち着いたのだろう、シンシアが僕に聞いてくる。

「リッカのアレ……えぇっとお仕置き？　は、どれくらい続くの？」

「あの様子だと、あと二時間くらいは続くんじゃないかな？」

その言葉に頬をピクピクさせながら黙ってしまったシンシアの代わりに、クララが口を開く。

「リュカさんとリッカのご家族って、あの【黄昏の夜明け】のメンバーなんですよね？　ってことは、私達の先生って魔女カーディナル様なのでしょうか？」

「そうだよ。そうなんだけど、これだけは約束して。どんなに辛くても村の外には逃げちゃダメだ。これを守れないと、死んでしまうからね」

「「え？」」

僕の忠告に、シンシアとクララは揃って驚いた声を上げた。

しかし、これは誇張ではない。村の外の森には、普通の場所では考えられないような強い生物がうじゃうじゃいるのだ。だから、訓練していない者がふらっと外に出れば、間違いなく命を落とすことだろう。

そんな話をしていると、広場の方からとー祖母ちゃんがやってきた。

とー祖母ちゃんに事情を説明すると、彼女はシンシアとクララを見ながら言う。

「どれくらいで鍛えなければいけないのかね？」

「一ヶ月でそれなりのレベルにはしてほしい」

僕がそう言うと、とー祖母ちゃんはにやりと笑った。

「じゃあ、殺すつもりでやらないといけないさね」

それを聞いて、シンシアとクララは揃って頭を下げた。

「「お願いします！」」

そんな二人を見てとー祖母ちゃんは満足げに頷き、そして――

「リュカ、そういえばリッカはどうしたんだ？」

「僕を陥れようと嘘をついたのがバレて、母さんにお仕置きされてる」

「懲りない奴さね……」

とー祖母ちゃんは呆れたような顔でそう言った。

第二話　修業（独自の修業法で最強を目指す！）

シンシアとクララの修業の期間は一ヶ月。

僕もその間に修業をしようと色々考えていた。

両親の祖父母達に稽古をつけてもらえば、確かに急成長できる。だが、この四人は全くと言って良いほどに手加減を知らない。命がいくつあっても足りない。実際、何度も殺されているし。

なので、どうにかいい方法がないか考えていたのだが、ようやくそれが思いついた。

「［奈落］を使おう」

［奈落］が使える対象は、敵だけではない。自分自身にも使えるのだ。

更に、重力魔法を組み合わせると［奈落］の中で重力負荷をかけつつトレーニングすることもできる。

「よし、やるか！　［奈落］の設定は百年で、重力負荷は十倍にしよう。闇魔法・［奈落］！」

僕は闇の玉の中に吸い込まれた。

この玉は外からは破れないが、内側は少し脆《もろ》くなっていて、高い攻撃力を発揮できれば外に出られる。

「時間切れで解除になるのが先か、修業を終えて自力で出る方が先か。とりあえずはこの重力に体が慣れるまで素振りするか！」

僕はひとまず、素振りを開始したのだった。

◆　◆　◆　◆

「なんじゃ、この程度か？」

魔女カーディナルが初日にシンシアとクララに課したのは、魔力を制御しながら丸一日放出し続けるという課題だった。

しかし、シンシアとクララは、わずか三十分程度で倒れてしまったのだ。

「こんなんじゃ、一ヶ月はおろか一年やってもリュカの旅に同行することを認められないさね」

その言葉を聞いて、シンシアとクララは立ち上がって魔力放出の訓練を再開した。

だが、十分程度でまたダウンしてしまう。

それを見てカーディナルは嘆息する。

「泣き虫ピエールの奴は学園で何を教えて来たのかねぇ？」

「泣き虫ピエールって――学園長⁉」

「確か偉大な魔道士でしたよね⁉」

シンシアとクララは二人して驚きの声を上げるが、カーディナルはふんと鼻を鳴らした。

「偉大なもんかい。修業が辛くなると、建物の物陰に隠れてピーピー泣いていたんだ。というか、アイツ、学園に勤め始めたとは大分前に聞いたが、学園長にまで出世したのかい⁉」

頷くシンシアとクララを見て、「世も末さね……」とカーディナルが呟く。

カーディナルは少しだけアドバイスをすることにした。

「良くお聞き！　お前達二人は魔力放出を勘違いしている。魔力放出は魔力を垂れ流しにすることじゃないんだ。体全体を魔力の薄い膜で覆い、それを維持するんさね。ほら、助言はしたんだからさっさと立ち上がって再開しな！」

シンシアとクララは、カーディナルの助言を意識し、再度魔力放出を行う。

「なんだ、できるじゃないか！　そのまま夕暮れまで保ちな！」

そう言い、カーディナルは椅子に腰掛けて、本を読み始めた。

シンシアとクララは、集中しながら魔力放出の練習を続けるのだった。

◆　◆　◆　◆

ガイアンは兄弟子とはいえ、グレッグに敗北した自分が許せなかった。

更なる高みへと至るため、リュカのか―祖父ちゃんことブライアンの元を訪ねる。

一時はチーム【森林《しんりん》の深淵《しんえん》】の斥候《せっこう》であるギルディスや、ガイアンを弟子としてしごいていたブライアンだったが、現在弟子は一人もいない。

彼の人生において弟子を育てるのは、大きな楽しみだった。そのため、ガイアンがブライアンの部屋の扉を開けた時、生き甲斐をなくして腑抜《ふぬ》けた彼は「ル～ルルル～」と歌いながら虚空を見つめていた。

かつての溌剌《はつらつ》とした姿は今や見る影もない。

「あの、師匠……？　どうなされたんですか？」

扉に背を向けていたブライアンは、ガイアンの声を聞いて、勢いよく振り返る。

「む？　その声は、我が弟子ガイアンか!?」

「あ、はい、そうですが……」

「これはだな――まぁ良い！　して、今日はどうしたのだ？」

「リュカが新たな旅の同行者を二人カナイ村に連れてきて、一ヶ月ほどカーディナル様の指導を受けさせることになったんです。で、その間ここに滞在するので、久々に師匠に稽古をつけてほしいと思い、参りました」

すると、ブライアンの顔が一気に生気を帯びた。そして上着を脱いで、筋肉を奮わせる。

それに応えるようにガイアンも上着を脱いで筋肉を奮わせた。

「なるほど、サーテイルでグレッグに会ったのか！　そして敗北したと……」

納得したように呟くブライアンに、ガイアンが頷く。

「ですので、また師匠のもとで修業させてほしいのです！」

もうこの二人は、筋肉の震えだけで会話ができる域に達している。

「修業か、わかった！　許可しよう。では早速、食料を調達してこい！」

「食料調達？　どこかへ向かうのですか？」

「以前探索した遺跡を覚えているか？」

「はい、ギルディスと三人で入ったところですよね？」

「あの場所から再スタートするのが良いかと思ってな！　長い探掘になるだろうから、食料を調達して挑むのだ！」

「なるほど、そういうことですか！」

ガイアンのきらきらした視線を受けつつ、ブライアンは腕を組んで考えた。

そしてくわっと顔を上げる。

「やはり肉だな！　肉と魚肉と蟹肉と野菜肉だ！」

「最初の三点はわかりますが、野菜肉ってなんですか？」

「エルダートレントの亜種であるプラントトレントという植物型の魔物の実は野菜なのだが、肉のようにボリュームがあるらしい。それが野菜肉なのだ！　それを捕獲せよ！」

「わかりました！　食料調達に行ってきます！」

「ではワシは修業の準備を整えておくことにする！」

こうしてガイアンとブライアンの修業が始まった。

◆　◆　◆　◆

リッカは、母親からの苛烈《かれつ》なお仕置きを受け終え、自室で休んでいた。

床の一点を見つめ、髪はボサボサ。

憔悴し切った様子の彼女は改めて自分のした悪事を反省し——てなどいなかった。

「リュカ兄ぃ～どうやって復讐してあげようかしら……？」

反省どころか、自業自得だというのに密かにリュカに復讐を考える始末である。

リッカは、リュカの部屋へ。

すると、リュカはいなかったが、部屋の中にある黒い玉を発見する。

「これって、リュカ兄ぃの［奈落］だっけ？　経過した時間は……えーと、四十七年!?　この中で四十七年も過ごしているってことよね!?」

それを見て、リッカはリュカの発言を思い出す。

「そういえば、リュカ兄ぃは厳しい修業をするって言ってた。私と違って才能がないから、努力を重ねるしかないって。今やもうリュカ兄ぃの方が強いのに。私、何をしているんだろう。私も修業の方法を考えないと……」

とはいえ、効率的な修業法など知らないリッカである。

色々考えた末、リュカに相談しようという結論に至る。

そして翌日の昼過ぎにリュカの部屋に行き、しばらく待っていると、彼が現れた。

◇　◇　◇　◇

僕、リュカがようやく［奈落］から出ると、目の前に何故かリッカがいた。

「リッカか？　僕の部屋で何を？」

「おかえり、リュカ兄ぃ！　リュカ兄ぃに復讐と相談をしたくて待っていたの」

復讐と相談？　それって両立できるのか？

なんて考えていると、僕の脳内に声が響く。

《相棒、この女の子は誰だ？》
・・・・・・・・
魔剣アトランティカの声に、僕は答える。
《コイツの名はリッカ、僕の双子の妹だ》
《そのリッカとやらから、シャンゼリオンの反応があるな……？》
すると、リッカが驚いたような声を上げる。
「え？　リュカ兄ぃ！　声を出してないのに頭の中に直接声が流れ込んでくる！　なんか念話とは違う感じ。誰と喋っているの？」

《そっか、リッカはシャンゼリオンの所有者だから声が聞こえるんだね？　この声はアトランティカだよ！》

「アトランティカって、えぇ!?　剣じゃん！」

そう、僕は長きにわたる修業の末、アトランティカと心を通じ合わせたのだ。

《シャンゼリオンはまだ目覚めていないのか。だが、この声が聞こえるということは、もうじき目を覚ますだろう》

リッカはそんなアトランティカの声を聞いて、シャンゼリオンを取り出し、じっと見つめたが、まだシャンゼリオンが喋り出すことはなかった。

僕は、リッカに尋ねる。

「それで、まず復讐って何？」

「昨日私をハメたのを忘れたの!?」

「昨日？　っていうか、［奈落］の中で百年経過しているし、そんな前のことなんて覚えてられないよ。何があったんだっけ？」

「シンシアとクララのことで私が冗談を言ったら、リュカ兄ぃが母さんにチクったの！」

「シンシア？　クララ？　誰だっけ、その子達……」

僕は必死に記憶を辿るが、全く思い出せない。

まぁそんなことはいい！　それよりも、まず最初にリッカに見せなきゃいけないものがあるんだ。

僕はリッカの手を引いて、外に出る。

するとと、とー祖母ちゃんと二人の女の子がいて……あ、この子達がシンシアとクララか！　思い出した！

「どうしたんだい、そんなに慌てて」

そう聞いてくるとー祖母ちゃんに僕は答える。

「いや、ちょっとリッカに見せたいものがあってね。ちょうどいいや、みんなにも見せちゃおう」

そう言って、僕は四人と距離を取った。

そして、魔力の放出を始めた。

魔力を最大まで放出すると、僕の体は白い光に包まれる。

そして、周囲に爆風が巻き起こる。

「リュカ兄ぃ、その姿は一体!?」

爆風で乱れる髪を押さえながら、リッカが聞いてくるので、僕は答える。

「覚醒《かくせい》っていうんだ。これによって、アトランティカの力を自分の身に宿すことができる。聖剣や魔剣の所持者は、この状態になれるらしい」

「私にも……こんな力が？」

僕は覚醒を解除する。

すると、リッカが覚悟を決めたような顔で口を開く。

「リュカ兄ぃ、私も修業したい！　〔奈落〕の修業を！」

「なら、今度は一緒に入ろう！　僕もまだ試してみたいことがあるし」

「なんじゃ？　〔奈落〕の修業って？」

そう聞いてくるとー祖母ちゃんに修業のやり方を伝えると、あんぐりと口を開けていた。

それから僕とリッカは、僕の部屋に戻り、二人で〔奈落〕に入った。

もう百年修業して出てきた時には、二人ともシンシアとクララはおろか、ガイアンのことまでも忘れていたのだった。

第三話　私……可愛い？（二回目の修業でリュカは大変身を遂げました……が？）

「あの～お母様……少しよろしいでしょうか？」

「リッカが私のことをお母様って呼ぶ時は、何か後ろめたいことがある時よね？」

そのトリシャの推論は、的《まと》を射ている。二回目の修業を終え、とんでもないことが起こってしまったのだ。

リュカが二回目の修業で行ったのは、自分自身の衝動を制御する訓練。

端的に言えば、キレないようにするための修業である。

結果から言えば、それは成功した。ただ、予想外の副作用もあった。

リッカは慎重に言葉を選ぶ。

「リュカに女の子みたい！　とか女顔だね！　とかは禁句だったじゃない？」

「それを言ったお父さんがボコボコにされたアレね。それがどうしたの？」

「リュカが、厳しい修業でそれを克服したの！」

「それが本当ならいいことじゃない！　じゃあなんで浮かない顔をしているのよ」

「克服したんだけど、マズい方向に着地しちゃって……」

「貴女の説明だとイマイチよくわからないわね。リュカは今どこにいるの？」

リュカは、部屋の外にいる。しかし会わせてもよいものなのか、リッカは悩んだ。

しかし『どうせ隠していてもバレるか』という結論に達し、リュカを部屋の中に連れてくる。そして、努めて元気に紹介した。

「はい、こちらが新しく生まれ変わったリュカお姉ちゃんです！」

「ごきげんよう！　お母様！　今日も素敵ですわね」

トリシャは、ワンピースを着たリュカを見て溜息を吐いた。

どうせまたタチの悪い悪戯だろう、と思っているのだ。

「はいはい！　リュカは可愛いわね。それで私はいつまでこのおふざけに付き合えばいいのかし

ら？」

冷たい返答に、リュカは涙ぐむ。

「リッカ～お母様が冷たいわ！　私はどうしたら良いのかしら？」

「諦めないで、リュカ姉《ね》ぇ！　説明すれば、母さんもわかってくれるから！」

「はぁ……まだ続けるの？　いい加減にしなさい！」

トリシャは、うんざりした表情を浮かべた。

それを見て、リッカは意を決して言う。

「こうなったらリュカ姉ぇ！　服を脱ぎましょう！」

「え？　それはさすがに恥ずかしいわ！」

「大丈夫よ！　私達の親なんだから、恥ずかしがることはないわ！」

「わかったわリッカ、貴女を信じるわ！」

それを見ていたトリシャはようやく慌て始める。

「ちょ、ちょっと、リュカ！　何を言っているの!?」

トリシャに構わず、リュカはワンピースを脱ぎ捨てた。

すると、女性の下着を身に着けた、女性の体が露になる。

トリシャは唾を呑んで、リュカの胸に触れてみる。

「え？　ある……ある！　本物!?」

リュカは羞恥《しゅうち》に頬を染め、俯いた。

トリシャは思い至る。

リュカは女の子に間違えられるのを極端に嫌い、女性物の服など冗談でも着やしないということに。

ましてや、女性の下着を着けるなんてもっての外《ほか》。

トリシャは、最終確認をするべくリュカの股間に手を伸ばしたが、リュカは身を捩《よじ》って逃げようとする。

それに苛立ったトリシャは声を荒らげる。

「リュカ、ジッとしてなさい！　触るだけ……触るだけだから！」

「いくらお母様でもそれだけは嫌っ！」

なんだか母の姿がスケベオヤジのように見えてしまうリッカだった。

そしてトリシャがとうとうリュカに『ない』ことを確認すると、リュカは床にしゃがみ込んで顔を手で覆ってしまった。

トリシャは呆然とした表情で言う。

「どういうことか、説明してくれる？」

リッカは説明した。

まず、五十年を費やしてリッカもシャンゼリオンと話せるようになり、覚醒をマスターする。

リュカもそのタイミングで、修業をほぼ終えていた。

そこで、リッカがリュカのキレ癖を治さないかと提案し、リュカも己の衝動の危険性を省みてこれを承諾。

ひとまず五年を費やして色々と策を練ったものの上手くいかず。

そこでリッカが、メイク魔法で性別を変え、女性の特徴や仕草、恥じらいや言葉遣いなどを徹底的に叩き込むことを提案。自分の女性らしさに誇りを持たせようという逆転の発想である。

それから更に五年かけて、リュカは女子の作法を身に付けた。

だが、ここでリッカの悪い癖が発動して、『まだ完璧ではない！　より完璧を目指す必要がある！』と四十年間女性として過ごさせた結果が、コレ、である。

そんな話を聞き終え、トリシャは溜息を吐いて頭を押さえた。

「つまり話を整理すると、リッカのせいでリュカがこうなったのね？」

それに対して、リッカは必死に言う。

「でもそのお陰で、リュカ姉……兄ぃのキレ癖は治ったよ！」

「そのせいで自分が男だって忘れちゃってたら意味がわからないじゃない！」

「う〜ん？　私より化粧も上手くなったし、女性らしさや色っぽさもあるから、大分凄いと思うんだけどなぁ……」

「それはまずい方向の凄いじゃないの！　元に戻るの!?」

リッカは振り返る。そこには、よよよと泣くリュカの姿があった。

（ちょっとした悪ふざけのつもりだったのに、冗談で済まなくなってしまったこの状況、どうしようかな……）

第四話　対応しきれない村人達（悪ふざけが村人達を混乱の渦《うず》に……）

トリシャとリッカの問答は、なおも続く。

「リッカ！　リュカは本当に元に戻るんでしょうね⁉」

「多分戻る？　かな？　もしかして？」

「ハッキリ答えなさい！　って、リュカはどこに行ったの⁉」

「え？　あれ？」

二人は辺りを見回すが、先ほどまで床に倒れて泣いていたリュカの姿がどこにもない。

その行方を知っていたのは、リッカの愛剣シャンゼリオンだった。

《リュカなら、さっき家の外に出て行ったわよ！》

「シャンゼリオン、見ていたなら教えてよ！」

リッカはトリシャとともに急いで家を出て、索敵魔法を展開する。

するとリュカが、カーディナルがいる方へと向かっているのがわかった。

「と一祖母ちゃんと一緒にいるこの二つの反応って誰だろ……？　そうだ！」

リッカは手帳を出した。

そしてあるページに手を当てて目を閉じ、魔力を通して記憶を読み取った。

これはリュカが、記憶を失っても問題ないように開発した［記憶魔法］。ページに魔力とともに記憶を刻み、後に同じ人間がもう一度魔力を流すと、その記憶を取り戻せるというものだ。

「あぁ、思い出した！　シンシアとクララね！」

記憶を取り戻したリッカは、トリシャと一緒にリュカの元に急いだ。


リュカがやってきたカナイ村の開けた草原では、例のごとく、カーディナルがシンシアとクララに稽古をつけていた。

シンシアは乱れなく魔力を扱えていたのだが、クララが手の平の上で暴発させてしまう。

それを見たカーディナルが怒鳴り声を上げる。

「クララ、何やっているんだい！　あれほど、集中を乱すなと――」

「いえ、だって……リュカさん？　が……」

クララの指差した先には、ワンピースを着て化粧をしたリュカが立っていた。

腰に手を当てて立っているだけなのに、妙に色っぽく、カーディナルは一瞬声をかけるのを躊躇った。

「お前……リュカか？　どうしたんだい、その姿は」

「私ね……うふふ！　女の子になったの！　どぉ？　可愛い？」

「え？　リュカ君⁉」

とうとうシンシアも魔力を乱し、暴発させてしまう。

それを見たリュカはシンシアとクララの方に歩いていき、回復魔法を施してから口を開く。

「二人とも可愛いんだから、怪我したら駄目よ！　もう、大丈夫かしら？」

「リュカ君……だよね？」

「その姿は……どうしたんですか？」

自分の怪我よりもリュカの変貌ぶりに気を取られるシンシアとクララ。

二人に対して、リュカはくるっと一回転してから、スカートの裾を持ってお辞儀をした。

そんなタイミングで、リッカとトリシャが到着する。

「リュカ兄ぃ……見つけたわよ！　母さんお願い！」

「わかったわ！」

まずリッカが風魔法でリュカのスカートをめくる。スカートを手で押さえて隙ができたリュカを、トリシャが光の鎖で拘束した。

バランスを崩して倒れたリュカの上にリッカが馬乗りになって、押さえつける。

すると、カーディナルが口を開く。

「一体リュカに何があったというんだい？　説明するさね？」

リッカが答える。

「実はメイク魔法で女の子にしたまま生活させたら、心まで体に引っ張られちゃって」

「それなら、メイク魔法を解除すれば済むだけの話じゃないかい？」

そんなカーディナルの指摘に、リッカとトリシャは顔を見合わせてから、両手をリュカに向かって翳す。

「リュカ兄ぃ……男に戻って！　解除！」

「解除！」

聖女候補と元聖女によって、リュカにかけられたメイク魔法は解除されて彼の体は元に戻った。

これで、一連の騒動に終止符を打てた……と誰しもが油断した瞬間。

リュカは光魔法の［フラッシュ］を使い、一同の視界を奪うと拘束を解き、再びメイク魔法で女性の体に変身した。

そして、その場から走り去りながら叫ぶ。

「私はこの先、死ぬまで女の子として生きるの！　邪魔しないでよ！」

リュカはそう言うとワンピースを脱ぎ捨て、冒険服を着た。

そして腰にアトランティカを装備すると、広場の方に抜けていく。

「シンシア、クララ、二人にも手伝ってほしいんだけ……ど？」

なんとか目が正常に戻ってきたのを確認し、リッカはそうシンシアとクララに言ったのだが、二人は地面に手をついたまま立ち上がれずにいた。

二人のリュカに対する好意になんとなく気付いていたリッカは、女子になったリュカを見てショックを受けているのではないかと推測し、彼女達を慰めるために近付いていく。

しかし、リッカの耳に届いたのは予想外なシンシアとクララの言葉だった。

「リュカ君……私より大きかった」

「リュカさん、私よりスタイルが良かった……」

リッカは溜息を吐いて、それから声のトーンを上げて言う。

「二人とも、協力して！　リュカを捕まえて男に戻すわよ！」


こうして女子三人は、リュカを追いかけ始めた。

村を駆けながら、リッカはあることを思いつく。

「あ、そうだ！　村の人達にも協力してもらおう！」

そして、広範囲に念話を送る魔法［拡声魔法］を使って、村中に言う。

《村の皆にお願いがあります！　リュカが魔法で女性化して、逃げ回っています。見つけたら、拘束してください！》

「私にも聞こえたけど、これって？」

首を傾げるシンシアに、リッカが答える。

「拡声魔法よ。村のみんなにこれで情報が伝わったはずよ」

それに対して、クララは目を輝かせた。

「リッカ、今度この魔法も教えてね」

それから少しして、村の広場で騒ぎが起こっていると、三人は聞きつけた。

三人は早速広場に向かう。

リッカは、既に広場でリュカが捕まっているだろうと踏んでいた。

この村の住人達は、村周辺の魔物より遥かに強いからだ。

だが、到着してみると、まだ村人とリュカの戦いは続いていた。

広場の入り口のあたりでは、リュカとリッカの幼馴染である三人が倒れている。

「サイラス、アレックス、キース……大丈夫？」

リッカが聞くと、三人はそれぞれどこか幸せそうな顔で報告する。

「あれ、本当にリュカか？　女になったことには驚いたが、妙に色っぽかったぞ」

「駄目だ、今の僕達じゃ歯が立たない。悔しいけどね。でも、ちょっと好みだった」

「俺らだと、体力を少し削るくらいが関の山さ。もう少し粘れたらと思ったんだが、リュカの可愛さにやられてしまってね」

「この男どもは……」

まだ騒ぎは収まっていない。とはいえ、さすがのリュカも、村人達に徐々に追い詰められているようだった。

リッカはシャンゼリオンに呼びかける。

《シャンゼリオン、アレをやるわ！　サポートお願い！》

《わかったわ、リッカ。派手にやって！》

リッカはこくんと頷くと、聖剣の力を解放した。

そしてそのまま、覚醒状態に入る。

リッカは［奈落］にいる間、覚醒状態で何度もリュカと手合わせをしている。だが、ただの一度だってリュカには勝てていない。

しかし、今のリュカは大分消耗《しょうもう》しているから勝てるだろう——というのがリッカの見立てだった。

覚醒状態における発光は、遠目にもわかるほど眩い。

リッカが覚醒したのを見たリュカも覚醒する。

そして二人は一瞬にして上空へと移動する。

何度も剣を交わすリッカとリュカ。

傍目には、空中で二筋の光が交差しているだけにしか見えないほど、高速の戦いが行われる。

そんな戦いが十分ほど続き、片方の光が萎《しぼ》んでいく。

先に覚醒状態を維持できなくなったのは、リッカだった。

しかし、数秒遅れてリュカも覚醒を維持できなくなり、光は消えた。

すると、リュカはどこからともなく現れた光の鎖と魔力の鎖に拘束されて、倒れた。

それを為したのは、広場の奥から悠然と歩いてくる、トリシャとカーディナルだ。

リッカはそれを見て、シャンゼリオンを支えにどうにか立ち上がると、口に出して言う。

「シャンゼリオン、アレ行くよ！」

《任せて、リッカ！》

シャンゼリオンの刀身が眩く光る。リッカはそれをリュカの胸に突き刺した。

「[タイム・リワインド]!!」

[タイム・リワインド]は、シャンゼリオン固有のスキルで、時間を巻き戻すことができる。

とはいえ、巻き戻されるのは精神のみなので、服や付与された魔法は解けないのだが。

そしてリュカの精神は[奈落]の中でメイク魔法を発動したばかりの状態——四十年前に巻き戻された。

◇　◇　◇　◇

「あれ？　なんで僕は女の子の体になっているんだ⁉　……って精神修行のために使ったんだったか」

僕、リュカはメイク魔法を解除した。

しかも、なんか下着が食い込むな……って、えぇ⁉　なんで下着まで女物⁉　しかも村のみんながここに集まっているし……

「どういうことだよーーーーーーーーーー！！」

転移をして自室に戻り、下着を男物に替えてリビングに戻った僕は、問う。

「それで、リッカ。どういうことか説明してくれないかな？」

「リュカ兄ぃ……どこまで覚えてる？」

「確か……キレる癖は大分改善されたけど、まだ完璧じゃないからメイク魔法は解かないでってリッカに言われてしばらくそのまま過ごして……もしかして、僕、完全に女子になってた？」

「そうそう！　大正解！　あっはっは！」

リッカは笑って誤魔化そうとしている。

しかし、周りの人達が黙っていなかった。

母さんととー祖母ちゃんがヒーリングウェポンを装着している。

そしてリッカは家の奥の訓練場に連れていかれて……長いなが～い制裁を喰らうことになったとさ。

まぁここまでの制裁を受けたなら、僕ももう何も言うまい。止められなかった僕にも原因があると言えばあるし。

僕は自室に戻り、ベッドに横たわりながら考える。

さて、残りの期間は何をしようか。

◆　◆　◆　◆

バストゥーグレシア大陸のモィレル港から北方に位置する無人島にて、かつて神童と呼ばれた女好き、ゴーダは、目を覚ました。

リュカに［奈落］に閉じ込められて一週間が経ち、ようやく出られたと思ったら無人島。

海の上でなかったことを考えると、ラッキーではある。

「ここはどこだ?」

リュカが［奈落］の設定時間を、現実世界での一日間が［奈落］内で一年間になるよう設定していたので、ゴーダは［奈落］の中で七年間過ごしていたことになる。そのため、彼の現実世界に関する記憶はやや曖昧になっていた。

ゴーダは手がかりを得るべく、島中を走り回ったが、そこには、人っ子一人いない。

しかし、ゴーダは喜びの声を上げる。

「修業するにはうってつけの場所じゃないか！　ここで修業して更なる強さを身に付けて……いつか復讐してやる！　……って、えーと、誰にだっけ？」

ゴーダは首を傾げた。

しばらく考えてみたものの、女好きの彼は復讐相手と一緒にいた、三人の女子しか思い出せなかった。

「いつか迎えに行くよ！　かわい子ちゃ〜ん!!」

ともあれ、ゴーダの野望のための修業が始まった。

この島から出るには、船が必要なことには気付かぬまま。

第五話　少し休息の回（カナイ村での日常？）

僕の女体化騒動の翌日。

僕とリッカ、シンシアとクララは、家の中にある談話室で雑談に興じていた。

「リュカ君はもう、女の子に未練はないんだよね？」

そう口にするシンシアに対して、僕は首を横にぶんぶん振った。

「ないよ！　女性しか立ち入れない場所へ行くような依頼とかない限り、女装だってしたくない！」

「それなら良かったです。リュカさんの女の子姿を見ると、私達はどうしてもショックを受けてしまうので……」

クララはそう言って、安心した表情を浮かべた。

「それにしてもメイク魔法って面白いよね」

リッカがそう口にしたので、僕は聞く。

「リッカは使えないの？」

「やったことないからわかんないけど」

「リッカは元が綺麗だから、男子になったら美形になりそうだよね」

僕がそう言うと、リッカはメイク魔法で性別を転換して、男子になった。

なんだ、できるじゃんか。

そしてリッカは僕の横に並んで、僕を立たせて――

「あれ？　リュカ兄ぃ……ちっさ！」

「うっさい！　気にしているんだよ!!」

そんなやり取りをしていると、クララがおずおずと一冊の本を差し出してきた。

「リッカ、ちょっと、この本のポーズを真似してみてくれないかな？」

そこには、男性同士が絡み合っている姿が描かれていた。

「それ最新号？　私まだ持ってない」

「私も買ってない！　最新号出てたんだ！」

リッカとシンシアが、クララの持っている本に熱視線を送っている。

本のタイトルは、『貴族令息は愛《め》でてみたい』。薄い本だ。

ボーイズラヴというジャンルの本で、僕には良さがいまいちわからないが、昨今女性達に大人気らしい。

熱心に語る三人の言うことを要約すると、以下のような感じで広まったとのこと。

この世界には元々ボーイズラヴの文化はなかった。

きっかけはある貴族令嬢に依頼されて地球の文化を根付かせて欲しいと頼まれた、勇者パーティの聖女・華奈《かな》が地球にいた頃に好きだったこの文化を広めたこと。

暇を持て余していた貴族令嬢達がそれにハマり出して、瞬く間に広がっていき、後世まで伝わって……今に至る。

いや、なんてどうでもいい歴史なんだ。英雄ダンを絡めればなんにでも興味を持つと思うなよ？

それはともかく、クララがリッカに頼んだポーズが、リッカ一人でできるものなわけがなく、相手役として僕も駆り出される羽目に。

急いで談話室から逃げ出そうとしたが、いつの間にかシンシアが僕の腕を掴んで逃さないようにしていた。

「このポーズをしてほしいのですが……」

クララが指示したページを見ると、上半身裸の男性二人が抱き合っていた。

嫌がっている男性の頬に、もう一人がキスをしている。

……いや、兄妹でコレをやれと!?

戸惑う僕の服をリッカがするっと脱がせてくる。

そして抵抗する僕の腕を掴んで引き寄せた。

「リッカが攻めで！　リュカ君が受けで！」

「リュカさん、動かないで……！」

シンシアとクララが何を言っているのかわからない。

リッカが頬にキスしてくる。

その姿を見たシンシアとクララは興奮して黄色い声を上げる。

「次は、このポーズをお願い！」

「良いわよ～！」

シンシアにそう返しながらリッカが近付いてくる。

僕は逃げ出そうとしたのだが、リッカは弱体魔法と麻痺《まひ》魔法を放って来た。

更に感覚敏感魔法とやら（僕ですら聞いたことがないぞ!?）をかけられて、抱きかかえられたまま首筋にキスされる。

僕の顔は熱を帯び、声も漏れてしまう。

これ以上エスカレートしたら困る！　なら、僕が女の子になればガッカリするはずだ！

そう思って僕はメイク魔法で女になった。

「さぁ、落胆しろ！」

そう言いながら僕はシンシアとクララの表情を見たが、二人は更に頬を上気させた。

「これはこれでアリだわ！」

「女の子が男の子に、男の子が女の子になる。新しい！　燃えますわ！」

こいつらは、なんでもありか!?

リッカは自分のズボンを下ろして、僕のズボンを脱がしにかかる。

リッカの目が、何かおかしいギラつき方をしている。

僕は麻痺した体で必死に抵抗するが、力が低下している状態では難しい。

どうにもならないと判断した僕は、母さんに念話で助けを求めた。

すぐさま来てくれた母さんに僕はここであったことを正直に話……せずに、嘘をついた。

「互いの性別を入れ替えて子作りしたら、子供ができるか？　という実験をすると言って、僕に麻痺魔法と筋力低下の魔法をかけてきたんだ」

それを聞いた母さんは、リッカの顔面を掴む。

おおう、母さん、相当キレている。

そして僕は、シンシアとクララも売る。

「この二人も止めるどころか、ノリノリだった」

母さんは、三人の首根っこを掴んで、部屋を出ていった。

少しして、三人の叫び声が家中に響き渡った。

第六話　少し休息の回2（死ぬことはないから安心して！）

僕は最近思う。

キレ癖がなくなったのをいいことに、リッカの無茶振りが悪化しているのではないか、と。

そろそろ一度本気で怒らないと、とんでもないことになりそうだ。

だがこれまで、衝動的にキレることはあっても、しっかり怒ったことはあまりなく、どうすれば良いのか困っている。

考え続けて至った結論は、怒っていることを理解してもらうために、罰《ばつ》を与えればいいのではないか、というものだ。

それに、少し試したいこともあるので、その実験台になってもらいつつ罰も与えられれば一石二鳥だろう。

というわけで、早速準備開始だ！


魔法には、あらゆる種類がある。攻撃魔法以外にも、支援魔法に類される強化魔法に弱体魔法、回復魔法や治癒魔法、召喚魔法など……それらは基本的に戦闘に役立つ魔法だが、それ以外に、普段の暮らしを便利にする生活魔法なんてものがある。

そんな生活魔法の種類は多岐にわたり、その中にいくつか面白い魔法が存在する。

例えば、樹魔法《じゅまほう》。

これは頭の中でイメージした植物の芽を出すという魔法で、英雄ダンがこれを使って異世界の植物をこちらの世界で普及させたなんて話も残されている。

英雄ダンが作り出した植物の情報が載っている植物図鑑の中には、料理に使ったら死を招く……ほど強烈な辛さの作物があるそうなので、その効果を試してみようというのが今回の試みだ。

まず、図鑑の中で辛い食材が一覧になっているページを開く。

「キャロライナリーパー、ジョロキア、ハバネロ、山椒《さんしょう》、胡椒《こしょう》、山葵《わさび》……」

その下のコラムも読んでみると、面白い情報が記載されていた。

そこには辛い作物は肥料だけでなく魔力を与えることでより辛みを進化させられること、そして闇魔法のタイマーを使うと、辛さを感じるまでの時間を調節できることが紹介されている。

ほぉ……いいことを知ったぞ！

僕は図鑑を見つつ、樹魔法で辛さのある植物を育てた。

魔力をたっぷり込めると、赤紫色のハバネロやジョロキアが植木鉢に生えた。

その他の作物もなんだか不気味なオーラを放っている……気がした。

それらを収穫して、料理を作り始める。

「ピザとパスタと……あとカルビスープとかにしよっと♪」

そんな風に色々と考えつつ料理を作り上げ、最後にタイマーで辛さが食べてから十五秒後に来るようにセット！

それから僕は、念話で《新作料理の試食会をしたい》とリッカと……ついでに先日薄い本のポーズをとらせてきたシンシアとクララに伝えて、リビングへと呼んだ。

「リュカ君の料理……美味しそう！」

「リュカさんって本当に料理が上手なんですね！」

「リュカ兄ぃ、いただきます！」

そう口々に言い、シンシアはピザを、クララはパスタを、リッカはカルビスープを口に運んだ。

そして、目を輝かせる。

「美味しぃよ！」

「アラビアータでしたっけ？　美味しいです！」

「カルビスープは見た目ほど辛くないのね？」

僕はそんな彼女達を笑顔で見ながら、秒数をカウントしていた。

そして——

「三、二、一……アウト！」

「「「ブホッ！！！」」」

三人は同時に料理を吐き出し、床でのた打ち回る。

僕はせめてもの慈悲として、氷を出してやった。


それから十五分ほどして、やっと喋れる状態になったリッカが氷で唇を押さえつつ聞いてくる。

「リュカ兄ぃ……これは何？」

「時限式激辛料理」

「毒じゃないよね？」

シンシアが恨みがましい視線を向けて来るが、僕は飄々と答える。

「失敬な……僕は料理に毒なんか盛ったことないよ！」

「辛さで呼吸ができないです……」

クララもそう言いながら苦しんでいる。

いくらか気分がスッキリしたのを感じる。

それが表情に出ていたのだろう、リッカは僕を睨む。

「リュカ兄ぃは私達に何か恨みでもあるの？」

「数え切れないほど。昨日のこと、忘れたの？」

「「……」」

押し黙る三人を後目に、僕は鍋を覗き込む。

参ったな、料理が余っている。

三人の反応が面白かったし、他の人にも食べさせてみたいな。

僕は念話で、父さんと祖父ちゃん二人を呼んだ。

ついでにガイアンもついてきたので料理を振る舞う。

「おぉ、美味いなこれ」

「ふむ、酒に合いそうだ！」

「これは……ワインが合いそうですね！」

とー祖父ちゃん、かー祖父ちゃん、父さんは二十秒経ってもまだ美味しそうに食べていた。

辛さにも強いのか……凄いな。

しかし、ガイアンは違う。

「ゲボロォォォォ！！！」

なんて叫んでから、女子三人と同じ運命を辿っていた。

……すまん、ガイアン。正直めちゃくちゃ面白い。

ともあれ、これで三人には罰を与えられた。

ほくほく顔で皿を洗う僕だった。

第七話　少し休息の回3（出会い？）

二日後。

修業を次のフェーズに進めていいという許可が出たシンシアとクララは、とー祖母ちゃんによって死ぬほど扱かれていた。

だが、とー祖母ちゃんはどうやら物足りないらしく、二人に昼休憩をとらせている間に、僕のところに愚痴りに来る。

「リュカよ、あの子達は魔力量が少なくないかい？」

「アリシア様と一緒にしない方が良いよ。彼女達だって、普通の人に比べたら魔力総量は多い方らしいし」

かつて警護依頼のついでにとー祖母ちゃんが魔法を仕込んだアリシア様は、魔力総量で言えば当時の僕と同じくらいだった。そんな金の卵がそうほいほいいてたまるかという話ではある。

「この程度の修業で音《ね》を上げるとは、鍛え甲斐がないさね」

そう溜息を吐くとー祖母ちゃんに、僕は言う。

「魔力回復ポーションを使えば大分訓練しやすくなりそうだけど、魔力草《まりょくそう》のストックが切れていて作れないんだよね。父さんも備蓄はないって言ってた」

「魔法ギルドはどうだい？　あそこは研究のためにストックしているだろう？」

「聞いてみたんだけど、分けられるほど余分には置いてないってさ」

「全くケチ臭いねぇ……」

魔力草は、自然エネルギーであるマナの多い地でしか採取できない。

カナイ村の土地には魔力こそ多く含まれているけど、マナの含有量は少ないんだよね。

「かといって自分で採取したくともアテがないんだよ。どこかいい場所知らない？」

「魔都ウィンデル辺りとかどうかねぇ。リュカは知っているかい？」

「魔都ウィンデル……ファークラウド大陸にある都市だよね？」

「バストゥーグレシア大陸から西に行った場所にある大陸だよ。場所的にはグランマの故郷から更に西に行った所さね」

行こうと思って行けない場所ではないが、空を飛ぶにしてもかなり距離がある。

それなら――

「とー祖母ちゃんは行ったことあるんだよね？　転移魔法で連れて行ってくれない？」

「私の魔力量は、リュカより少ないから、転移を使うのがしんどいんさね。それに私が離れている間、誰があの二人を指導するんだい？」

「それもそうだね……じゃあ、クフッサに転移してそこから船か浮遊魔法を使うことにするよ」

「あぁ、すまないね。魔物はマナの影響で狂暴化するから、気を付けて行くんだよ！」

そうして僕は転移魔法でクフッサ漁港に移動した。

今日こそは会えるかもと思って家を訪ねたけど、本日もグランマは不在だった。

仕方ないので、そのままファークラウド大陸に向かおうとしたのだが、今日は霧が凄い。

ひとまず今日のところは宿を取って休み、明日出発することにした。


そして翌日。

宿を出て海の方へ行くと、霧は晴れていた。

安心した僕は浮遊魔法で、ファークラウド大陸を目指すことに。

ファークラウド大陸は、バストゥーグレシア大陸に次ぐ大きな大陸である。

ただ大陸のど真ん中に大きな湖があり、大陸の端から端まで行くためには定期船を利用しなければいけないそう。

十五分ほど飛び続けて、ファークラウド大陸のサンドリアの街に降り立った。

「さて、どうするかな」

魔都ウィンデルは、サンドリアの街から南東の位置にあり、距離はおよそ七十キロメートルほど。

地道に浮遊魔法で飛んで行くには遠い距離なので、僕が開発した秘密兵器を使うことにする。

収納魔法から取り出したるは、かなり大きな魔道具。

その魔道具は大型犬くらいの大きさの乗り物。流線形で、太い車輪が三つ、側面には翼まで付いている。

そしてもう一つ、飛行補助魔道具ブースタンを取り出し、後部の吹き出し口に取り付ける。

見慣れない魔道具に、周囲の人々は注目しているようで、声が聞こえてくる。

「おいおい、なんだよあれ？」

「子供の玩具《おもちゃ》か？」

「街の入り口でそんな物出すなよ、邪魔だ！」

……散々な言われようだった。

僕はそれを無視して、ブースタンから出ているケーブルを運転席のハンドルに繋げ、席に座ると魔力を通す。

そしてハンドルを握ってから魔力を強めに放出すると、機体は凄い勢いで走り出す。

それまで馬鹿にしたようにこちらを見ていた住民が面喰らったような表情になった。

僕はそれを後目に、いったん止めた魔道具から降りて細かな調節をする。

そんな中、貴族らしい男が声をかけて来た。

「それは馬ではないよな？　どういった原理で走るのだ？」

「まだ試作段階なんですが、この機体に魔力を通すことで走れます」

「本当か⁉　それでこんなにスピードが出るなんて、なんと素晴らしい！　言い値で買おう！」

「お断りします」

「好きな額を言って良いんだぞ⁉」

「では、白金貨九千五百枚でいかがでしょうか？」

僕は大国の王族ですら払えない金額を吹っ掛けてみた。

金さえ払えばなんでも手に入れられるって考え方、好きじゃないんだよね。結構時間をかけて作った魔道具だし、これは譲りたくない。

当然、白金貨九千五百枚なんて金額を払えるわけもないので、貴族はスゴスゴと引き下がっていった……かのように見せてその貴族は部下に命じて、何台かの馬車を走らせた。

「なるほど。僕が外に出て一人になったらこの魔道具を奪うっていう魂胆か？」

まぁいい、気にせず出発しよう。

しばらく走っていると、やはり先ほどの馬車が街道を塞いでいた。

「わかりやすいなぁ。だけどこれはそもそも、道を走るために作ったわけじゃないんだなー」

僕は浮遊魔法を使って、機体を浮かび上がらせた。

そして魔力を強めに流すと、ブースタンがそれを推進力に変換し、馬車の上を越えるような形で飛行する。

下を見ると、馬車が慌てて引き返しているのが見える。

だけどこちらは空の上。どう足掻《あが》いても追いつけるはずもなく、どんどん馬車は小さくなる。

「成功してよかった！　これを使えば浮遊魔法よりも早く移動できる！」

それから二時間ほど飛行していると、魔都ウィンデルに着いたのであった。


魔都ウィンデルは、街の中心に大きな世界樹が生えている都市である。

魔術や魔法の研究機関があり、バストゥーグレシア大陸の魔法学園の卒業生の大半が魔法研究者を志してここへやってくるんだとか。

他にも魔道具や錬金術を研究する機関なんかもあり、魔道に関する技術も最先端だ。

だが、今はそんなことはあまり関係ない。大事なのは、魔力草だ。

僕は早速、街の外れにある森へと足を踏み入れた。

魔物がマナの影響を受けて狂暴化しているから気を付けろってとー祖母ちゃんが言っていた。

魔力草はすぐに発見できたが、ほら、実際今僕は数多くの魔物に囲まれている。

前方の猿みたいな魔物が、一斉に石を投げてきた。

前方にシールドを張りながら対処をして、シールドを解除してから攻撃魔法を放とうとしたが、森の中なので炎魔法は使えない。

それ以外の属性魔法を駆使して猿の数を減らしていく。

死んだ魔物は、光の粒となって消えていく。

この地の魔物はマナによって構築されているので、倒しても素材や肉にはならないのだ。

「キリがないな。一体何匹いるんだ？」

そして前方の敵に夢中になっていて、後方を疎《おろそ》かにしていたことに気付く。

その瞬間――

「危ない！［守護法陣］！」

僕の背後にいた少年が、魔法で守ってくれた。

この少年、どこから現れた!?

なんて考えていると、少年は言う。

「守りは任せて！　君は攻撃に集中して！」

「助かるよ！　敵を倒したらお礼をする！」

五分ほどかけて全ての魔物を倒すことができた。

「ありがとう助かったよ！　実はさ、魔力回復ポーションを作るために魔力草を採りに来たんだけど、まさかここまで多くの敵に囲まれるとは思わなくて」

「僕もここの魔力草で魔力回復ポーションを作りたくて採取をしに来たんだ！　奇遇だね！」

それから一時間ほどかけて、僕と少年は魔力草を採取した。


それが終わってから、お礼がてら二人で街のカフェに行く。

道すがら聞いたのだが、彼はマウロ港からここに来たらしい。

カフェでの会話は専ら、情報交換だ。

「店先で売っているポーションの類は、美味しくないんだよね。トミンの葉を使ったら呑みやすくなったよ」

少年は、そう語った。

それに対して僕も言う。

「僕はモレンの実を使っているよ。魔力草は果実を混ぜると威力が落ちることもあるけど、モレンだけは効力を落とさず風味が良くなるんだ。トミンの葉も効果は落ちないし、いいね」

「僕も色々な果実で試してみたんだけど、まさかモレンの実っていう手があるとは」

それからも僕達は、薬品のレシピノートを見せ合いながら熱心に話し合った。

そして会話が一段落したので、聞いてみる。

「その博学さからすると、君はサポーターなのかい？」

「そうだけど……君も？」

僕は頷く。

「今は違うけど、以前のチームではサポーターをやっていたんだ。そのチームが酷くてさぁ……できる損ないとか役立たずとか散々言われた挙句、新しいメンバーが加入するからチームを出て行けって言われて追い出されたんだ。少ない報酬でやりくりしていたのに退職金は払ってくれないし、散々だったよ」

「うわ、それは辛いねぇ……僕の場合は、ダンジョンで足の腱を斬られて、パーティがダンジョンを脱出する際の囮《おとり》として置いていかれたんだ」

「うわ、お互い理不尽な目に遭ってきたもんだね。なんだか僕達、似ているかも。だって――」

「あ、僕も同じことを考えていたかも！」

「『君の目も髪も黒いよね？』」

僕らの声はハモった。

顔を見合わせて、僕らは笑い合う。

そう、この世界で黒髪の人間は相当珍しい。というより、自分以外に見たことがない。

そこで少年はハッとしたような表情をする。

「ごめん！　楽しすぎて気付かなかったんだけど、そろそろチームメンバーの元に戻らないと！」

「そっか、じゃあそろそろ出ようか」

僕と少年は握手をして名乗る。

「僕の名前は、リュカ・ハーサフェイだ」

「僕の名前は、シオン・ノートだよ」

「「じゃあ、またどこかで！」」

そして店を出て——

「転移魔法・カナイ村！」

「転移魔法・マウロ港！」

僕達は同時に転移した。


村に戻った僕は、早速父さんに魔力草を届けて魔力回復ポーションを作ってもらった。

そして部屋に戻り、ベッドに身を横たえつつ考える。

「シオン・ノートか……不思議な奴だったな。またどこかで会いたいなぁ」

僕はそのまま眠りについた。

第八話　ギルドカードの更新日・前編（こんなものがあったなんて……）

僕は、シンシアとクララの魔法修業の様子を眺めながら椅子に座ってぼーっとしていた。

二人の魔力の扱いは、上達したと思うものの、まだまだ危うさもある。

僕は椅子の背もたれに体を預けながら伸びをして、欠伸《あくび》をした。

すると空から、小さな鳥が降りてきて、僕の人差し指に止まる。

よく見ると、通信用の魔道具だと気付く。

『Sランク冒険者リュカ・ハーサフェイ！　ギルドカードの更新日が近付いています。大至急、最寄りの冒険者ギルドに来てください！』

そんな魔道具のアナウンスを聞きつけたとー祖母ちゃんが声を上げる。

「おや、もうそんな時期かね！」

「とー祖母ちゃん、ギルドカードの更新日って？」

僕の質問に、とー祖母ちゃんが答えてくれる。

「Sランク冒険者は、ギルドカードを三ヶ月に一回更新しなきゃならないさね。審査されて、それによって継続かAランクに降格かが決まるんさ」

Sランクになったからってそれからずっと安泰《あんたい》というほど、この業界は甘くないってわけか。

「わかった！　じゃあリッカと一緒にギルドに行ってくるよ！」

「リッカは聖女見習いの巡礼旅という名目でパスされているから、行く必要がないさね。聖女は貴重だからね」

なんだか納得いかないが、諦めて冒険者ギルドに向かう僕だった。


カイナートの冒険者ギルドにて、僕はカウンターに行って、受付嬢であるサーシャさんに用件を伝える。

「ギルドカードの更新をしたくて来ました！　魔王を倒して捕まえてくればいいですか？　エンシェントドラゴンをとっ捕まえてきますか？　それとも、海龍リヴァイアサンとか？」

「やめて！　リュカ君が言うと冗談に聞こえないから！　正直に言うと、リュカ君の更新手続きはパスでも良いかなって思っているくらいで……」

「なら、帰っていいですか？」

踵を返そうとする僕を、サーシャさんが慌てて引き留める。

「いえ、待ってください！　代わりに新人チームのサポーターを務めてほしいのです。ギルドからの依頼として。それをこなしていただければ更新手続きを免除します」

「新人チームのサポーターですか？」

「ええ！　リュカ君には、新人チームのサポーターとして働いていただきつつ、戦闘や戦術、野営の仕方を見て冒険者としてやっていけそうか判断していただきたいのです」

「依頼の期間は？」

「目的地まで片道一日、依頼をこなすのに一日かかると見積もって、三日間です」

「なるほど……依頼に関してはわかりましたが、サポーターとしてはどの程度働いてもいいんですか？」

そんな僕の言葉に、サーシャさんは苦笑いを浮かべる。

「えーと……支援魔法はナシの方向でお願いします。支援魔法を使ってしまうと、あまりにも任務達成が簡単になってしまいますから」

「魔法薬や武器、装備品のメンテナンスをするだけって感じでいいんですかね？」

「ええ、それくらいに抑えていただけると助かります」

「わかりました。それでは早速、僕が担当するチーム名を教えてください」

「【全民《ぜんみん》の期待《きたい》】というチームです」

僕は思わず笑ってしまいそうになる。

「なかなか大層な名前を付けましたね。その名に見合うほど優秀なチームなんですか？」

「個々の能力は、新人離れしています」

サーシャさんが個々の能力『は』と強調したということは、他に問題ありということだろう。

「もしかして、性格に難ありですか？」

「はい……ちょっと高慢というか、身勝手というか……」

なるほど。これは考えるまでもない。そういう輩《やから》はどうせサポーターを邪険に扱うに違いない。

「すいません、依頼は引き受けたくないです。別の人に頼んでください！　はい、以上！　帰ります！」

「いえいえ、待ってください！　帰ろうとしないでください！　依頼が始まってもいないのに結論を出されては困ります!!」

そうサーシャさんは言うが、ザッシュのようにサポーターを邪険に扱うかもしれない奴らのチームで依頼なぞこなしたくはない。

すると、サーシャさんは大きな溜息を吐く。

「新人チームのリーダーが、ギルマスの息子さんなんです！」

「それなら、ギルドマスターに話をさせてもらえませんか？」

「何を話すつもりなんですか？」

「生意気な口を利いてくるようだったら、半殺しにしても良いかって――」

「やるのは構わないが、研修が終わってからにしてくれ！」

僕の後ろから、焦った声が聞こえた。

いつの間にか、ギルマスのヴォーガンが僕の背後に立っている。

「わかりました、研修中は我慢しますよ。でも、本当にそんなことをしても良いのですか？」

「半殺し……まで痛めつけるのはやめてほしいが、お灸を据えるのは一向に構わん！　息子はどうもサポーターを見下している節《ふし》があってな。ザッシュの件もあったことだし、このまま冒険者を続けさせるのはどうも不安でな。それでリュカに頼むことにしたんだ」

「はぁ……わかりました、協力しますよ」

「よろしく頼む！」


こうして依頼を引き受けることになった僕は、新人チーム【全民の期待】がギルドに来るのを、椅子に座って待つことにした。

待つこと五分。大分綺麗な防具を身に纏った五人組が僕の前に立った。

盾を持った騎士に、戦士、弓術士、魔道士に法術士か……

「あんたが今回同行するサポーターか？」

リーダーと思しき騎士がそう言うので、僕は腰を上げる。

「そうですよ、名前は――」

しかし、そこに被せるように、戦士が言う。

「名乗らなくていい！　お前には頼らないからな。お前は俺達の後についてくるだけでいい」

「そうですか……では、そちらの名前だけでも教えていただいてもよいですか？」

「入ってもらうのは今回だけだし、慣れ合う必要はない」

「そうよ、サポーターは言われたことだけやれば良いのよ！」

「分を弁えなさい！　貴方なんていてもいなくても変わらないわ！」

騎士に続いて、弓術士と魔道士の小娘も生意気な口を利いてきやがった。

僕は少しカチンときて、大きな溜息を吐いて、彼らに聞こえるよう大きな声で独りごちた。

「はーーーー、こんな馬鹿な奴ら、すぐに死んじゃうよ。ここまで態度がデカいと、手伝う気も失《う》せるな」

「誰が馬鹿だと？　このサポーター風情が！」

そう口にした騎士を筆頭に、チームの全員が僕に向かって武器を構える。

彼らに、僕は言う。

「ギルド内での私闘は禁じられているってギルド規約に書いてあるだろ。それすらも守れないのか？　そういうのが馬鹿だって言っているんだ」

僕はアトランティカを抜き、瞬動法という高速移動体術を使って目にも留まらぬ速さで移動しながら騎士と戦士の剣と弓術士の弓、魔道士と法術士の杖を破壊した。

「お前……Fランクの新人ではなかったのか？　基本的にサポーターはFランクのカスばかりなはずだろ……？」

そう呆然と呟く騎士に、僕は改めて名乗る。

「僕の名前は、リュカ・ハーサフェイ。Sランクでレベルは200だ！　で、お前達は？」

騎士が答える前に、遠くで僕と【全民の期待】のやり取りを見ていたヴォーガンがやってきた。

「親父……」

この騎士が、ギルマスの息子か。

僕はヴォーガンに言う。

「今回の依頼は終了で良いですよね？」

「仕方がないな。リュカ、息子が非礼を働いたこと、申し訳なかった！」

「いえいえ、僕は気にしていませんよ。うーん、とはいえこんな何もしていない状態で降りるっていうのもなんだか申し訳ないので、僕が【烈火の羽ばたき】で経験した話をしましょうか」

こうして僕は五人を席に座らせてから、【烈火の羽ばたき】での経験談を話した。

僕が受けた不当な扱い、そして僕が抜けた後のチームの凋落についてしっかりと。

その間、五人は熱心に話を聞いてくれた。

話を終えると、五人は頭を下げてきた。

「俺達が未熟でした。サポーターがそれほどまでに重要な役割を持つとは知らなかったです」

「思い上がっていました。自分達でもやれる雑務をこなしてくれるだけだと……」

騎士と弓術士はそんな殊勝なことまで言ってきた。

うんうん、わかればいいんだ、わかれば。

そんな風に頷いていると、騎士がキラキラした目で言う。

「リュカさんにお願いがあります。一度は依頼を降りられた後で大変申し訳ないのですが、やはり俺達に実戦を通して色々と教えていただけませんか？」

「え……？」

戸惑いながら振り返るとヴォーガンも頭を下げている。

僕は言う。

「わかったよ、サポーターとして同行しよう。ただし、僕は戦闘の際に支援魔法は使わない。それを踏まえて戦うんだぞ」

「「「はい！」」」

こうして僕は、新人チーム【全民の期待】と少しの間だけともに行動することにした。

任務に挑む前に――

「君達の武器を破壊したお詫《わ》びに、僕が以前作った武器を代わりにあげるからそれを使って！」

「ありがとうござ……って、ミスリル製!?」

「俺の大剣は、ダマスクス鋼《こう》だ！」

「この素材……エルダートレントから採取しました!?」

「この聖杖もエルダートレント製だ!!」

「魔道士の杖に、紅玉石《こうぎょくせき》が付いてる……」

騎士、戦士、弓術士、魔道士、法術士はそれぞれ、新たな装備を驚き半分喜び半分といった表情で見つめるのだった。

第九話　ギルドカードの更新日・中編（努力は身になります）

「翼の生えた人型の魔物の調査？」

僕が依頼書を読みながら言うと、騎士――もといファスティアンが説明してくれる。

結局あの後自己紹介して、お互いの名前を知ることになったのである。

「はい。山に素材集めに行った冒険者が目撃したという話です。どんな魔物なんでしょうか」

「すぐに思い付くのはガーゴイルやハーピーあたりだけど、こんな近くの山にいるとは思えないしな……」

「強敵ですか？」

「確かに君達のレベルやランクでは辛い相手になるかもしれないけど、戦略さえ工夫すれば倒せない相手ではないよ」

「「「「「はい！」」」」」

今回調査に行くのは、シラート山。

近くの山ではあるが、普通に歩けば一日弱はかかってしまう。

面倒なので、移動だけ魔法を使うか。

「本来は、地道にチームで移動して魔物を倒しながら目的地に向かうんだけど、今回だけは僕の魔法を使って移動する。僕の周りに集まって！」

皆が集まったのを確認して、僕は詠唱した。

「高速移動魔法［アクセラレーション］！　軽量化魔法［フライトレーション］！　回復補助魔法［リジェネート］！　防御魔法［プロテクション］！　さて、行くぞ！」


こうして走り始めて三分後。

前方に魔物の影が見えた。

「前方にバーゲストが五体！　どうしましょう？」

魔道士――メルナが言うので、僕は答える。

「時間が惜しいから盾持ちが突っ込め！」

「は……はい！」

先頭を走っていたファスティアンは盾を構えて、バーゲストの群れに突っ込んだ。

バーゲストはことごとく吹っ飛んでいく。

「リュカさん、背後から何かが追ってくるのが見えるんですけど！」

法術士――ミュルカが慌てたように言うので、僕は安心させるために微笑む。

「そのまま走れば、アイツらは追い付けなくて途中で諦めるよ。気にせず先に行こう！」

それからも何回か魔物に遭遇したが、夕方になる前には目的地のシラート山の麓《ふもと》まで辿り着くことができた。

僕以外の五人は、息を切らしている。

「リジェネートの効果で体力が移動中に徐々に回復しているはずだろう。何故息が切れているんだ。情けない」

僕がそう言うと、ファスティアンがなんとか口を開く。

「すみません……ぜぇ……すぐに整えます……はぁ」

「いや、少し休んだ方がいい。実力があると聞いていたけど、それにかまけて地味な反復練習を怠っているようだね。じゃあ基礎の大切さを君達に教えてあげよう。大剣を貸してくれる？」

僕が言うと、剣士――セクゥワドが大剣を渡してくれる。

「君は、この大剣を重いと感じる？」

「あ、はい。鋼の大剣は重量がありますから。なるべく戦闘で疲れないように素振りは欠かしてなかったつもりですが……」

「一日に素振りは何回くらいしているの？」

「三百から五百程度でしょうか」

「はっはっは！　そりゃあ少ない！」

僕がそう言うと、セクゥワドは眉間《みけん》に皺《しわ》を寄せる。

「笑われるほどですか？」

「ああ、全然足りないね！　戦士は武器の重さを感じないようになって初めて一人前だって、剣聖が言っていたよ。まだ重さを感じるうちは半人前だよ」

僕は大剣を、片手で勢いよく振り回した。

そして、剣を振りかぶりながら叫ぶ。

「剣王《けんおう》・真空斬《しんくうざん》」！」

剣から発せられた衝撃波が、五人の背後に忍び寄っていたオウルベアを真っ二つにした。

大剣をセクゥワドに返すと、彼は興奮した面持ちで言う。

「す、すげぇ！　速すぎて剣筋が見えなかった!!　リュカさんは一日に何回素振りしているんですか？」

「僕は一日七千から一万回くらい振っているよ」

「自分は思い上がっていたようです。もっともっと精進します！」

「うん、頑張ってね！　そんなところで、今日はもう休もう。テントを設置する。君達に設営を任せてもしものことがあったら困るから、今回だけ僕が結界を張るよ」

そう伝えてから、僕は地面に手をついて、土魔法で木よりも高い、五十メートル四方の城壁を生成する。そして、上空からの攻撃にも対処できるよう、上面に結界を張った。

「これで、魔物は侵入してこられないはずだ。さて、安全を確保したところで、トレーニングしよっか！」

「あの、トレーニングって何をするんです？」

そう聞いてくるファスティアンに、僕は答える。

「ファスティアンとセクゥワドはもう動けるよね？　あとの三人が動けるようになるまで、試合しようか」

僕は収納魔法から木刀を四本出して、そのうちの二本を二人に投げて寄越す。

そして、残りの二本をそれぞれ両手に握った。

「全力でかかって来い！」

「いや……さすがに二人がかりでは……」

そう言って遠慮するファスティアンを、僕は煽る。

「余裕だねぇ？　勝てるつもりでいるんだ？」

すると、闘争心に火がついたのだろう、ファスティアンは目の色を変えてセクゥワドに言う。

「セクゥワド、行くぞ！」

「あぁ、ファスティアン！」

二人は攻撃を仕掛けてくるが……遅い。

木刀で受け止める必要すらないので、僕は全ての攻撃を躱《かわ》した。

「これが君達の本気なの？　それとも手加減してくれているのかな？」

その言葉を受けてもう一度二人は僕に攻撃してくるが、まだまだ甘い。

僕はファスティアンとセクゥワドに三十連撃をお見舞いした。

叫び声を上げて倒れる二人を見ながら、僕は言う。

「ほら、ミュルカは回復！」

「は、はい！」

動けるようになったミュルカは二人に回復魔法をかける。魔力量が少ないのか、やや辛そうな表情を浮かべている。

僕は彼女に魔力回復補助魔法をかけた。

回復を待つ間、ようやく立ち上がった弓術士——シューティスに稽古をつけることにした。

僕は土魔法で、三十メートルほど離れた場所に直径三十センチほどの的を生成する。

「この位置からあの的を射抜けるかい？」

「あ、はい！」

シューティスは、言った通り、的を射抜いた。

僕は拍手する。

「上手い上手い！　では、少し難度を上げよう！」

「あの……これは一体？」

僕は直径五センチくらいのリングを用意した。

それをシューティスと的の中間地点に置いた土台の上にセットする。

「このリングの間を通して的を射抜いてみて」

「わかりました」

シューティスは矢を射た。

だが、矢羽がリングに掠《かす》り、矢は明後日の方向へ。

その瞬間、シューティスは耳を押さえて蹲った。

「外すと、耳に不快な音が届くようになっているんだ。ちなみに、この音は周りには聞こえない。罰ゲームがあった方が、緊張感が出るだろう？」

「なるほど……緊迫した状況で緻密《ちみつ》な射撃をするための練習なんですね！」

シューティスはそう納得してから再度矢を放ち……耳を塞いでのた打ち回る。

それを見て、僕は振り返る。

「さて、ファスティアンとセクウワドは回復したかな？　次もぬるい攻撃をしてきたら、どうなるかわかっているよね？」

それから、二人は再度向かってきた。

先ほどよりもキレがよく、何より迫力が増した。

だが、全ての攻撃を躱し、もう一度連撃をお見舞いする。

「はい、回復！」

「はい！」

ミュルカは二人を回復し始めた。

別にこれは僕が二人を痛めつけたくてやっているわけではない。

ファスティアンとセクゥワドの二人は、かなり自分に自信を持って生きてきたのだろう。それだけに強大な敵を相手にした時、怯《ひる》んだり心が折れたりしてしまいかねない。なので今のうちからそういった敵に立ち向かうためのマインドを身に付けさせようと、このような訓練を行っているのだ。

また、ミュルカは回復技術は高いが魔力量が少ないため、何度も回復魔法を使わせて魔力量の上限を増やそうという狙いがある。

さて、お次はメルナだが……震えているな。

「わ、私は何をやらされるのでしょうか？」

「怖がる必要はないよ。君にはとっても面白い魔法の使い方を教えてあげる」

「面白い魔法……ですか？」

僕は左手から「ファイアボール」を出現させた。

「魔法は相手を威嚇するために魔力を込めて大きく見せるべきって、学園や学校で教わらなかった？」

「あ、はい！　相手を怯ませるために大きなものを作り出せって！」

「でも、その方法が有効なのは弱い敵が相手の時だけだ。強い敵にそれをするのは、むしろ手の内を晒《さら》してしまうことになるんだ」

「手の内……ですか？」

僕は、左手の「ファイアボール」を大きくする。

「例えば相手が巨大な炎を生み出したら、火属性防御魔法を使えば威力を減衰できるって一見でわかるだろう」

「確かに、そうですね」

「じゃあ逆に小さく見せたらどうだろう。威力は変えず、それを小さな炎に閉じ込める。例えばこんな風にね」

僕は先ほど巨大化させた「ファイアボール」を、豆粒くらいの大きさに変化させた。

「これを見たら相手はどう思うかな？　きっと油断してくれるだろう。それに、これなら「ファイアボール」を隠しておいて気付かれないように放つことだってできる」

メルナはこくこくと頷いた。

僕は右手の人差し指を立てる。

「でも威力は一緒。なんなら込める魔力量によってはそれ以上の威力になる」

シューティスに稽古をつける時に一緒に作っておいた遠くの的に「ファイアボール」を放つと、的は一瞬にして燃え上がり、灰になった。

「なるほど……確かに相手を油断させられるかもしれませんね。やってみます！」

こうしてメルナは、僕のアドバイス通りに「ファイアボール」の制御を練習し始めた。

僕はまた視線をファスティアンとセクゥワドに向ける。

「さて、とっくに回復はしているよね？　もう一丁いきますか！　死ぬ気で来い！」

「「うぉぉぉぉぉぉ！！！」」

二人はこれまでで一番死に物狂いで向かって来たので、それに応えるように今度は百連撃をお見舞いした。

そしてミュルカに回復させ、またボコして……を十回続けた。

空を見ると、大分暗くなっていたので、急いで風呂を焚《た》き、皆に入るように伝えた。

その間にテーブルと椅子を用意し、料理を作る。

全員風呂から上がったタイミングで、食事を並べ終えたので、食べさせる。

食事の時間で寝床を準備してやった。

これにてサポーターの仕事、一丁上がり！

僕も食卓につくと、皆の顔を見回して言う。

「どう？　味の方は？」

「美味いっす！　こんなの食べたことないっす！」

「美味しいです！」

「おかわりください！」

「私も！」

「俺も！」

ファスティアンとシューティス、メルナとミュルカとセクゥワドが口々にそう言うので、僕は微笑みながら言う。

「まだまだあるから、どんどん食べてね。あ、あと本来なら寝る時は見張りを立てなきゃいけないけど、今日は結界があるからその必要もない。訓練の疲れを心置きなく癒してくれ」

五人は頷き、料理を頬張るのだった。

そして満腹になった五人は、寝床として用意したテントに入っていく。


それから一時間ほど経っただろうか。風呂から上がり、明日の支度をしていたタイミングで、ファスティアンがテントから出て僕の元に来た。

「どうしたの？　眠れないのかい？」

僕がそう聞くと、ファスティアンは俯いてから、意を決したように顔を上げた。

「いえ、今回の件でリュカさんにお詫びと感謝を伝えたくて」

「ギルドでのことは気にしていないし、もう良いよ」

僕が手をひらひらさせてそう言うと、ファスティアンは頭を下げた。

「では、せめて感謝を伝えさせてください！　ギルマスの息子で実力があるとおだてられて育った俺の——いや、俺達の鼻っ柱をへし折ってくれてありがとうございます！」

「どういたしまして。確かに君達は実力がある。ただ、それを実戦で活かしきれていない。努力し続けて、立派な冒険者になるんだよ」

「はい、精進します！　あの、一つ聞きたいのですが……リュカさんのその剣って、魔剣ですか？」

「そうだけど、良くわかったね？」

「ただならぬ気配を感じたんです。気になっちゃって」

「皆には内緒だよ。これは、魔剣アトランティカなんだ」

「英雄が所持していた魔剣アトランティカですか!?　伝説の剣じゃないですか!!」

「声が大きい！　皆が起きちゃうだろ！」

「あ、すみません……目の前に伝説の剣があるって思ったらテンションが上がってしまいました」

「ちなみに妹は、聖剣シャンゼリオンを持っているよ」

「兄妹で伝説の剣を持っているんですか……もう驚くのも疲れましたよ」

一時間程度話してから、ファスティアンはテントに戻っていった。

翌朝。僕は早く起きて食事の用意をしていた。

とはいえ、【全民の期待】のメンバーも僕と同じくらいの時間に起きて、自主トレに勤《いそ》しんでいたのだが。

十分ほどで料理は完成し、僕達は食卓を囲む。

食事をしながら、僕は今日の予定を伝える。

「午前中は、チームでの戦い方を教える。そして午後に山の方に移動して調査を開始しよう」

「「「「はい！」」」」

こうして僕は実戦形式で【全民の期待】にチームプレーのイロハを叩き込んでから、山へと移動するのだった。

第十話　ギルドカードの更新日・後編（僕はつくづく縁があるみたいです）

「おかしい……静かすぎる」

山を登り始めて十分が過ぎた。しかし、全く動物に遭遇しない。

山までの道では、グリズリーやバーゲストなどが襲ってきていたのに、だ。

「リュカさん、これってやっぱりおかしいんですか？」

ファスティアンの言葉に、僕は頷く。

「そうだね。普通、魔物の有無にかかわらず山や森の中には動物がいるのが通常だ。なのに、一匹も姿を見せないなんて、普通じゃない」

警戒をしながら山を登って行くと、中腹を過ぎた辺りで何かが腐ったような臭いが漂《ただよ》って来た。

この山に温泉なんてあるわけもないし、そもそも火山ですらない。

ということは……

「ファスティアン、やったな？」

「え？」

首を傾げるファスティアンをジト目で見ながら、彼以外の全員が鼻をつまんだ。

ファスティアンは慌てて言い訳する。

「いや、俺じゃないっすよ！　屁《へ》なんてしていないです！」

僕はそれに対して、菩薩《ぼさつ》の笑みを浮かべる。

「正直に言えよ。怒ったりしないから」

「いや、本当に俺じゃないっすよ‼」

「いいんだ、大丈夫だから。引かないから。生理現象だから」

「だから違うってーーーーー！！！」

しかし、そんなアピールも空しく、他の四人もファスティアンに疑いの目を向ける。

すると、ファスティアンがとうとうキレた。

「だ・か・ら！　本当に、俺じゃないんだよ‼」

ふーふーと荒い息を吐くファスティアン。

からかうのはこのくらいにしておいてやるか。

「冗談だよ。これは恐らくアンデッド臭だ。くれぐれも火をおこさないように」

すると、メルナが首を傾げる。

「アンデッドには炎が有効ではないんですか？」

「本来はね。でも、万一これが何かのガスだったとしたら引火する可能性があるだろう」

「なるほど……短慮でした」

「いやいや、これればかりは経験だよ。ところでシューティス、這《は》いずる音は聞こえるかい？」

僕がシューティスに聞くと、彼女は不思議そうな顔をした。

「這いずる音、ですか？」

「ゾンビやグールは這いずって移動するから、音が聞こえるんだよ」

「わかりました、確認してみます」

シューティスは聴力が優れており、耳による索敵が可能である。

彼女は数秒目を閉じて耳を澄まし――

「それらしき音は聞こえませんね」

僕も索敵魔法を展開してみたが、反応はない。

これは緊急事態かもしれないな。

僕は口を開く。

「ファスティアン、勝てない敵に遭遇したと判断した場合、取るべき行動は？」

「上位ランカーが近くにいる場合は判断を仰ぎつつ対応し、自チームのみだった場合は退路を確保して、タンクが殿《しんがり》を受け持ち、退散するのが定石《じょうせき》です」

「はい、良くできました！　このチームにはタンクがいないから、もしもの場合はファスティアンが盾になるんだ！」

「はい！　わかりました！」

うん、役割はしっかり把握しているようだ。

今回は僕がいるから対応できるだろうが、これから彼らだけで依頼をこなすとなったら、役割意識は大事になるからね。

それから更に進み、頂上の辺りまで来た。

先ほどより臭いはかなり強くなっている。

「そろそろ頂上だ！　皆、警戒を怠るな！」

ファスティアンの号令で、皆の気が引き締まったのがわかる。

岩陰に隠れて改めて索敵魔法を展開すると、五十近い反応を感知する。

その中に、ずば抜けて強い反応もあるぞ……このひよっ子達には荷が重い敵だ。

すると、頂上の方からくぐもった、人間のものとは思えない声がする。

『何をコソコソ隠れている！　姿を見せよ！』

「やっぱ、バレてたか……」

僕を先頭に、皆で頂上へ。

あ、依頼書に書かれていた翼の生えた人型の生物がいる。

マズいな……アレは魔物や悪魔の類ではない。しかも横にドラゴンゾンビを従えている。

更にはゾンビの上位種であるレブナントがおよそ五十体か……多いな。

『また人間が来たか……我が兵士の実験台になってもらうとしよう！　そしてそこのお前は、我が僕《しもべ》が相手をしよう』

「ファスティアン、今の君達なら連携さえ取れていれば、あの数の敵を相手にしても対応できるはずだ。奴らは任せる。僕は親玉っぽい奴とドラゴンゾンビを引き受ける！」

「わかりました！　ゾンビ五十匹くらい、軽く捻ってやります！」

そう息巻くファスティアンに、僕は忠告する。

「残念ながら、あれはゾンビではないよ。似ているけど、レブナントだ。油断するな」

「了解です！」

こうして【全民の期待】は、レブナントに向かっていった。

事態が事態なので補助魔法をかけたから、大丈夫だろう。

さて、親玉を相手取る前に、ドラゴンゾンビを片づけるか。まぁアンデッドなら、アレで充分だろう。

「［セイクリッド・ターンアンデッド］！」

『グギャアアアオォオォオォオォ！！！』

僕は一瞬でドラゴンゾンビを葬《ほうむ》った。

悪いがこの程度なら敵ではない。

それを見ていた人型の奴は驚愕の声を上げる。

『馬鹿な!?　我が僕が一撃で!?』

「アンデッドを使役しているところを見ると、お前もガルガンチュアの配下なのか？」

僕がそう問うと、奴は叫ぶ。

『貴様か!!　我が片腕のガルガンチュアを葬ってくれたのは!!』

確かガルガンチュアは、四の魔王の配下だったはず。つまり――

「お前が四の魔王か」

『そうだ！　我が名は第四魔王デスゲイザー!!　大魔王様に仕える七魔王のうち、四の席を埋める者！』

僕はちらりと背後を確認する。

【全民の期待】は苦戦しながらも、レブナントの数を減らしている。

あれなら大丈夫だ。こちらに集中しよう。

さすがに魔王ともなると、ターンアンデッドだけでは倒せないだろう。

そして魔王は魔神族《まじんぞく》だ。悪魔種より数段強い。

目の前にいるだけで圧倒的な量の魔力が噴き出しているのがわかる。

魔王を名乗るだけのことはあるな。

「ならば、先手必勝！　［ターンアンデッド］！」

『こんな魔法が我に効くと思って……ギャアアアアアアアアアアア！！！』

牽制のつもりで放った［ターンアンデッド］が効いてる？

ターンアンデッドって、アンデッドにのみ有効な魔法だから……もしかしてコイツもアンデッドなの？

いや、アンデッドに限らず悪魔や魔神族は、光魔法が弱点だっていうだけ？

『なかなか面白い攻撃をしてくれるじゃないか……［バリアチェンジ］!!』

何をしたんだ？　ええい、もう一丁！

「［ターンアンデッド］！」

しかし、今度はデスゲイザーは悲鳴を上げることなく、胸を張る。

『フハハハ！　もうその魔法は効かぬぞ！　バリアチェンジによって弱点属性を変更したからな！』

僕は顎に手を当てる。

「ふーん、だとしても……全属性のどれかは有効だってことだよな？」

『そういうことだ！　なんの属性が弱点になるかはランダムで、我にもわからぬが、弱点を突かれたら再度バリアチェンジを使えばいいだけのこと！』

そう宣《のたま》うデスゲイザーを前に、僕は宙に九種類――全属性の球体を作り出す。

『ちょ、ちょっと待てぃ！　貴様は全属性持ちか!?』

「そうだよ。だから片っ端からぶつけて、弱点の属性を使って攻撃すれば良いだけかなって」

僕は一つずつ、デスゲイザーに球体をぶつけていく。

すると、火属性が弱点だとわかったので、バリアチェンジを使う時間も与えず、［エクスプロード］をお見舞いした。

『グワァァァァァァァァ！！！』

悲鳴を上げるが、消滅はしない。

「さすが魔王……しぶといな」

僕が続けて魔法を唱える前に、デスゲイザーは懐から盃《さかずき》のようなものを取り出し、そこから地面に雫《しずく》を一滴垂らした。

するとそれを中心に地面に魔法陣が展開され、僕と魔王を特殊な空間に閉じ込める。

『これは静寂の盃という魔道具だ。この中にいる者は魔法が一切使えなくなる！』

「それってお前も魔法が使えなくなるってことじゃないのか？」

『そうだが？』

僕はデスゲイザーを鼻で笑う。

「それ、使うの初めてだろ？　だめだぞ～効果を確かめてから使わないと」

しかし魔王は余裕しゃくしゃくといった表情だ。

『我は魔法よりも肉弾戦の方が得意なのだ』

それはマズいな……なんて思いながらも僕は挑発を続ける。

敵に精神的な余裕を持たれるといっそう戦いにくくなると、これまでの経験から学んだのだ。

「つまりは脳筋ってことか。馬鹿じゃないか！」

『貴様、我を馬鹿呼ばわりするとは……！』

「だって、馬鹿じゃん。ガルガンチュアやデリガスジョアも馬鹿だったし」

『貴様、ガルガンチュアのみならず……デリガスジョアまで葬ったのか!?』

「そう考えると、お前の強さもたかが知れているな。今だったら逃がしてやろうか？　どうする？」

ここで逃げてくれればいいなー体勢を立て直したいなーなんて僕の願いも空しく、デスゲイザーは剣を抜く。

『愚問だな。魔王が人間風情に背を向けるわけがあるか！　さて、戦おうぞ！　そういえば貴様の名を聞いていなかったな！　名乗れ！』

名前ねぇ……ハッタリをかましてみるか。

「僕の名前は、ダン・スーガーだ！　かつて魔王サズンデスを倒した英雄である！」

『何ぃ！　ダン・スーガーだと⁉　その漆黒の髪に目……確かに特徴は一致している！　……って、そんな話信じられるか‼　人間がそこまで長命でないことは知っているぞ！』

綺麗なノリツッコミを喰らってしまった。

「やっぱ、ムリか……じゃあ名乗ろう。僕の名前は、リュカ・ハーサフェイだ！　行くぞ！　デスゲイザー‼」

僕が魔剣アトランティカを抜いて構えると、デスゲイザーは僕めがけて斬り掛かって来た。

そして何度か激しく剣を交わし、距離を取る。

「魔神族の癖に魔法より肉弾戦の方が得意なんて奴がいるとはな」

僕がそう言うと、デスゲイザーは口角を上げる。

『貴様もなかなかやるが、我はまだまだ本気ではないぞ‼』

「チッ！　こっちは本気でやっているのになぁ。さすがは魔王を名乗るだけはある。ダンの物語上の魔王は進化するって書いてあったけど、もしかして、進化でもしようっていうのか？」

『見たいのか？』

「いや、遠慮します」

しかし、そんなことで進化をやめてくれるわけもない。

デスゲイザーは咆哮してから言う。

『冥土の土産に、我の真の姿を見せてやる！　我を挑発した事を後悔するが良い!!』

デスゲイザーは全身を震わせ体を変化させた。

体躯が二回りほど大きくなり、見た目は相当ごつい。

パワーはあるが、スピードは鈍そうに見えるな……

そんなことを考えていた矢先、デスゲイザーは僕の目の前から姿を消す。

背後から凄まじい衝撃を受けて、僕は前に吹っ飛ばされた。

背後をとられて殴られたのだ。どうやらスピードも桁外れらしい。

しかし、僕もすんでのところでアトランティカをデスゲイザーの拳と体の間に滑り込ませ、なんとかガードした……はずなのに、凄まじく背中が痛い。

僕は何度か地面をバウンドしながらもなんとか体勢を立て直す。そして、気丈に笑って言う。

「その姿が最終形態か？　ならありがたいな」

『これが最終形態だ！　貴様にも何か隠し玉があるのか？』

「ふっ……見せてやるよ！」

そう言ってから、僕は覚醒状態になる。

しかし、覚醒したからこそわかる。これでもまだ一歩及ばない。

『面白いぞ人間！　これで我も、心置きなく本気を出せる!!』

「できれば本気を出さないでほしいところだけどな」

再び地面を揺るがす激しい戦いが始まった。

◆　◆　◆　◆

「これで最後だ！」

そう言いながらファスティアンがシールドバッシュで最後のレブナントの体勢を崩し、セクゥワドが大剣で斬りつけた。

レブナントが絶命したのを確認し、ファスティアンは拳を握る。

「はぁ……はぁ……やったぞ！　この数を俺達だけで討伐したんだ！」

「かなりレベルも上がったし、リュカさんに感謝を伝えなければ――って、皆黙り込んでどうした？」

「リュカさん……大丈夫かな」

そう答えたのはシューティス。

彼女の視線の先では、リュカとデスゲイザーが激しい攻防を繰り広げていた。

静寂の盃によって生み出された結界は、外から中が見えるようになっているのだ。

一見互角かと思えたそれも、時間が経つにつれてデスゲイザーにとって優位に傾いていく。

やがて――

「あぁ、リュカさんが！」

シューティスがそう叫んだ。

◇　◇　◇　◇

『隙ありだ』

僕、リュカは腹にデスゲイザーの強烈な一撃を受け、地面に転がった。

これは相当なダメージだ。避けなければと思うのに、体が言うことを聞かない。

覚醒も解除されてしまった。

『なかなか楽しめたぞ人間!!　だが、これで終わりのようだな。くはは！　散々我をコケにしたのだ。もっと貴様が苦しむ顔が見たい。先にあそこにいる人間達を殺《や》るか』

「皆……にげ……」

どうにか皆に逃げるよう伝えたかったが、意識が遠のいていく。

そして頭の中に声が響く。

〔力が欲しいか？〕

第十一話　ギルドカードの更新日・完結編（これが僕の力？）

僕は気が付くと、〔奈落〕の中のように真っ暗な空間の中にいた。
目の前には、黒い炎のような物が揺らいでいる。
そしてそれは、僕の脳内に直接語りかけてくる。
〔力が欲しいか？〕
僕は言う。
「欲しい！　あの子達を守らなければならないんだ！」
黒き炎は問う。
〔なら、貴様はその代償に何を捧げる？〕

「僕の命……と言いたいところだけど、僕にはまだ為すべきことがある」
〔なら、何なら捧げられるんだ？〕
僕は数瞬考えて、口を開く。
「デスゲイザーを倒した時に得られるはずの経験値と、僕の魂の寿命を二十年分やる」
〔本当に良いのか？〕
「構わない！　このままじゃどっちみち皆殺しだ！」
〔良かろう。契約は成立した！〕
そうして僕は黒い炎と融合した。

ファスティアン達に肉薄していたデスゲイザーが、僕の姿を見て足を止めたのが見えた。

視線を下ろし、自分の体を見ると、黒い炎が体の表面をのたくっている。

「これが契約の力か」

かつてとは比べ物にならないほどの力が、全身を巡る。

デスゲイザーが再度姿を消した。

またしても後ろからの高速攻撃。しかし僕はそれを軽々と左腕で受け止める。

『これを受け止めるとはな』

距離を取りながらそう言うデスゲイザーに、僕は片頬を上げた。

「本気で来な。遊んでやるから」

『なんだと貴様！　先ほどと同じ目に遭わせて――』

僕は一瞬でデスゲイザーに肉薄すると、顔面をぶん殴る。

デスゲイザーは吹っ飛び、何回かバウンドするが、すぐに体勢を立て直す。

先ほどの僕みたいだ、と他人事《ひとごと》のように思った。

「なんだ、弱いな」

『弱いだと!?　貴様ぁぁぁぁぁ!!』

デスゲイザーは一瞬で距離を詰め、猛攻を仕掛けてくるが、僕はそれを全て受け流す。

そして左手で手刀を作り、デスゲイザーの右腕を縦に切り裂いて、右手でデスゲイザーの首を掴んだ。

『馬鹿な……なんだその力は……』

「本気がこの程度か」

僕は左手でデスゲイザーの左腕、右足、左足を根元から切り離し、最後に胸を貫いた。

『グフッ……貴様はなんなんだ！』

僕はそれに答えず、デスゲイザーの胸の辺りを探り、あるものを探し当てる。

「これが心臓か」

『や、やめろーーーー！！！』

僕は躊躇いなく心臓を握り潰した。

すると、役目を終えたと判断したのか、僕の体を覆っていた黒い炎は体の中に吸い込まれて行った。

そして僕は、再び意識を失ったのだった。


目を覚ますと、まだ外だった。日が高い。

僕は地面に横たわっており、近くで【全民の期待】のメンバーが僕を心配そうに見つめている。

「どれくらい寝ていた……？」

僕の質問に、ファスティアンが「今は倒れた翌日の昼です」と教えてくれた。

僕は体を起こそうとして――

「魔王は……いだだだだだだ!!」

全身が隈なく痛い！　少し体を動かしただけでこんなに痛いって何事!?

僕は回復魔法を自らに施した。

多少は痛みが引いたけど、万全とは程遠い状態だ。

だがどうにか身を起こして、再度聞く。

「魔王はどうなった？」

「魔王はリュカさんが倒して、そこに横たわっています」

「そうか……ファスティアン、アトランティカを持って来てくれ」

「リュカさんの横に置いてあります」

僕はアトランティカを杖の代わりにして立ち上がった。

ファスティアンが肩を貸してくれたので、魔王の元に行き、首を切断する。

討伐したことを証明するためにデスゲイザーの頭を収納魔法に入れ、アトランティカを鞘に戻すと、再び皆の元に戻り、転移魔法でカイナートに帰った。


冒険者ギルドに行き、カウンターにデスゲイザーの首を置いて……限界を迎えた。

立っていられなくなり、座り込んでしまう。どうやら僕の体は相当消耗しているらしい。

「ファスティアン、説明は任せた。僕はもう少しだけ眠る」


再び目を覚ますと、冒険者ギルドの救護室にいた。

少しして部屋に入ってきた看護師さんに聞くに、三日も寝こけていたらしい。

やれやれと思いながら救護室から出て、ギルドのロビーへ行くと……その場にいた冒険者が一斉に僕の方を向いた。ってかなんか人多いな。

え？　そんなに怪我人が珍しい？　なんて思いながらぐるっと周囲を見回していると、テーブルの上に置かれた新聞の記事が目に入った。そこには次のように書かれていた。

【新たな英雄、その名はリュカ・ハーサフェイ！　第四の魔王、デスゲイザーを討伐する！】

寝ていた三日の間に、僕は英雄になっていたのだ。

いや……確かに僕の目標は英雄になることだったけれど。正直実感が沸かないよ。

「今って、どんな状況？」

僕が呆然とそう呟くと、カウンターにいるサーシャさんが手招きしてくれた。

彼女が言うには僕が気を失った翌日、四の魔王デスゲイザーを僕が討伐したというニュースが一面を飾った新聞が刷られて、全国へばらまかれたのだという。だから僕は一躍時の人だし、こうして多くの者達がカイナートの冒険者ギルドに冒険者登録をしに訪れているんだってさ。

そしてサーシャさんは思い出したかのようにこう付け加える。

「あ、カナイ村には既に新聞を届けてありますよ！」

「あっ、そう……」

これはきっと彼女なりの厚意なのだろうが、僕にとっては有難迷惑《ありがためいわく》もいいところだった。言わないけど。

これをきっかけに、厄介なことが起きそうな気がしてならないのだ。

それから僕は腹が減ったので、冒険者ギルドの隣の酒場に移動した。

ゆっくりしたかっただけの僕は、そこで様々なチームのリーダーや冒険者から質問攻めにあってしまう。

幸いその場にいた【森林の深淵】のメンバーが仕切ってくれたので大混乱には至らなかったが、ゆっくり食事を楽しめるわけもなく、僕は急いで食事を済ませ、酒場を後にした。

街をぶらぶら歩きながら僕はふと呟く。

「そういえば、記事の題名だけしか見ていなかったけど、どんな内容だったんだろう」

そんなわけで僕は冒険者ギルドに戻り、記事を読むことに。

【彼はドラゴンゾンビを魔法で一瞬で消滅させた後に、魔王デスゲイザーと交戦。魔王デスゲイザーは強敵でリュカは何度も死の淵《ふち》に立たされる。そして気を失い、近くにいた新人冒険者チームがデスゲイザーの毒牙《どくが》にかかりそうになったその時！　リュカは唐突に目を覚まし、魔王デスゲイザーを圧倒！　最後は心臓を引きずり出して握り潰し、勝利を収めた】

僕は溜息を吐く。

「記者が大分脚色して書いたな。魔王の心臓を引きずり出して握り潰すなんて、そんな芸当、人間にできるわけないじゃないか！　……まぁ、どうやって倒したのか、あんまり覚えていないけど」

そう独りごちるも、もう流布されてしまった以上は仕方がない。諦めることにした。

そういえば受け取っていなかったなと思い出し、僕は更新されたギルドカードを受付でもらって、ギルドを後にする。

ギルドマスター権限で三ヶ月ごとの更新はしなくていいことになった。

これも魔王討伐による恩恵、か。

◆　◆　◆　◆

「リュカが魔王を倒して英雄だと⁉　クソが！」

ザッシュは、新聞を丸めて壁に放り投げた。

シオンはその新聞を拾い上げつつ、呟く。

「リュカ？　どこかで聞いたような……あ、森で薬草を採集していた彼か！　また会えるかな」

そう微笑むシオンの背後で、ザッシュは「あの役立たずが英雄だと⁉　俺は信じない！」と口にしながらいきり立つのだった。

◇　◇　◇　◇

冒険者ギルドを後にした僕は、カナイ村の前に転移で戻った。

村の入り口には【新たな英雄を生んだ村、カナイ村】という看板がデカデカと飾られていた。

もうツッコむ気力すら起きない。

家に帰ると、僕は談話室に呼びされる。

両親と祖父母達が揃っていることに、不安しか感じない。

とー祖父ちゃんが僕に尋ねてくる。

「リュカよ、魔王を倒したというのは本当なんだな？」

「らしいね。良く覚えてないんだけど」

「良く覚えてない、とは？」

「覚醒を使ったけど歯が立たなくて……暗いところで目が覚めて何かと契約を交わしたことは覚えている。でもその後記憶が飛んで、気付いたら魔王が倒れていたんだ」

とー祖父ちゃんは、新聞を読んでから記事を見せて言った。

「記事には魔王の心臓を引きずり出してから握り潰したとあるんだが？」

「そこなんだよ！　記者が話を盛ったんだよ、それ。酒場で冒険者にもどうやったんだって質問されたけど、答えられなくて。デスゲイザーを倒した時の記憶はないけど、さすがに魔王の心臓を引きずり出すなんて現実離れしているじゃないか！　ははは！」

僕がそう言うと、皆が黙りこくった。

え、これ信じてもらえていない感じ？

だとしても僕自身が覚えてないのに、これ以上詳しく聞かれても説明のしようがないし……逃げるか！

「話が終わりなら、もう良いかな？　僕はやりたい事があるから」

「やりたいこととはなんだ？」

とー祖父ちゃんが聞いてくるので、僕はぴしゃりと答える。

「修業です」

「修業なら、ワシ達が――」

僕はそんなとー祖父ちゃんのありがたーい提案をしっかり断る。

「いえ、ダンジョンに籠《こも》りたいんです」

僕はそう言うと、逃げるように部屋から出て、転移魔法で村の地下にあるダンジョンへと移動するのだった。

「そういえばそろそろ、シンシアとクララの修業も終わる頃か。最終試練の合否がどうであれ、これで旅が再開できるな！」

次の目的地は……そうだな、魔都ウィンデルがあるファークラウド大陸なんてどうだろう。

更に気を引き締めねばと思う僕だった。

サラリーマンの福菅健吾《ふくすけんご》――ケンゴは、高校生達とともに異世界転移した後、スキルが『言語理解』しかないことを理由に誰一人帰ってこない『奈落』に追放されてしまう。そんな彼だったが、転移先の部屋で天井に刻まれた未知の文字を読み解くと――古より眠っていた巨大な船を手に入れることに成功する！　そしてケンゴは船に搭載された超技術を駆使して、自由で豪快な異世界旅を始める。

◉定価：1320円（10％税込）　ISBN 978-4-434-31744-6　◉illustration：片瀬ぽの

勘当貴族なオレのクズギフトが強すぎる!
X《バツ》ランクだと思ってたギフトは、
オレだけ使える無敵の能力でした
Yuzuru Akashiratama
赤白玉ゆずる
役立たずとして貴族家を勘当されたので
自由にさせてもらいます!

この作品に対する皆様のご意見・ご感想をお待ちしております。

おハガキ・お手紙は以下の宛先にお送りください。

【宛先】

〒150-6008 東京都渋谷区恵比寿4-20-3 恵比寿ガーデンプレイスタワー 8F
（株）アルファポリス　書籍感想係

メールフォームでのご意見・ご感想は右のＱＲコードから、
あるいは以下のワードで検索をかけてください。

アルファポリス　書籍の感想　検索

ご感想はこちらから

本書はWebサイト「アルファポリス」（https://www.alphapolis.co.jp/）に投稿されたものを、改題・改稿、加筆のうえ、書籍化したものです。

魔境育《まきょうそだ》ちの全能冒険者《オールラウンダー》は異世界《いせかい》で好《す》き勝手《かって》生《い》きる!!2
追《お》い出《だ》したクセに戻《もど》ってこいだと？そんなの知《し》るか!!

アノマロカリス

2023年 3月31日初版発行

編集－若山大朗・今井太一
編集長－太田鉄平
発行者－梶本雄介
発行所－株式会社アルファポリス
〒150-6008 東京都渋谷区恵比寿4-20-3 恵比寿ガーデンプレイスタワー8F
TEL 03-6277-1601（営業）　03-6277-1602（編集）
URL https://www.alphapolis.co.jp/
発売元－株式会社星雲社（共同出版社・流通責任出版社）
〒112-0005 東京都文京区水道1-3-30
TEL 03-3868-3275
装丁・本文イラスト－れつな
装丁デザイン－AFTERGLOW
印刷－中央精版印刷株式会社

価格はカバーに表示されてあります。

落丁乱丁の場合はアルファポリスまでご連絡ください。

送料は小社負担でお取り替えします。

ISBN 978-4-434-31755-2 C0093